www.loqueleo.com/es

2017, Santillana Infantil y Juvenil, S. L.
Avenida de los Artesanos, 6. 28760 Tres Cantos (Madrid)
Teléfono: 91 744 90 60

ISBN: 978-84-9122-029-9
Depósito legal: M-37.672-2015
Printed in Spain - Impreso en España

Segunda edición: marzo de 2017
Más de 15 ediciones publicadas en Santillana

Directora de la colección:
Maite Malagón
Editora ejecutiva:
Yolanda Caja
Dirección de arte:
José Crespo y Rosa Marín
Proyecto gráfico:
Marisol del Burgo, Rubén Chumillas, Julia Ortega y Álvaro Recuenco

Los Lagartijos

Alejandra Vallejo-Nágera

Ilustraciones de Cristina Belmonte

loqueleo

Para Clara, que es tan valiente y aventurera
como un Lagartijo...
Y también, naturalmente, para Lucía.

El texto de este libro plantea una serie de enigmas cuyas pistas hay que buscar en las ilustraciones que lo acompañan. Observa los dibujos, encuentra las pistas y conviértete en un Lagartijo más.

¿Dónde vive G. J.?

Al entrar en clase, Micro se dio cuenta de que G. J. no había llegado todavía.

—¿Sabes qué le ocurre a G. J.? —preguntó a Zas, mientras dejaba caer la pesada mochila al lado de su pupitre.

Zas hizo una mueca y se encogió de hombros.

—Estará pegado a las sábanas; igual que todos los días —contestó mohíno.

—No me extraña. ¡Cada noche se acuesta en una habitación diferente! Así no hay quien duerma bien —suspiró Micro.

—Lo que ocurre es que tiene más cara que una pandereta —gruñó Zas—. Si yo viviera en una casa como la suya, con 20 dormitorios...

—... Y 20 baños... —interrumpió Micro jocosamente.

—... Y una cocina gigante con una nevera apoteósica...

—... Más un comedor con 12 mesas y... ¡48 sillas!

Zas reflexionó unos segundos, se colocó la visera hacia atrás y comenzó a buscar algo en sus bolsillos mientras decía:

—Sí, sí, G. J. tiene una casa chula; pero lo que mola chachi es que puede usar el desván como guarida privada... —hizo una breve pausa y extrajo un muelle grande, brillante y dorado de su pantalón. Lo colocó con devoción en el centro de su mesa y continuó hablando—: Eso sí que flipa mogollón...

—¿Te refieres a ese trasto? —preguntó Micro señalando con la barbilla el muelle dorado.

—No; me refiero al Iglú.

—¿Al Iglú?

—Naturaca... —respondió Zas haciendo mucha fuerza con ambas manos para aplastar el muelle contra su mesa—, chola cantidubi eso de tener una guarida para ti solo y poder invitar a tus amigos siempre que te dé la gana.

Micro esbozó una mueca.

—Lo peor es el frío que hace en invierno —dijo con un ligero temblor de voz.

—¡Por algo se llama el Iglú!, tía —exclamó Zas, mientras soltaba de golpe la presión sobre el muelle dorado. Este subió como un tiro, rebotó contra el techo y salió disparado en dirección a la pizarra—. ¡Funciona! —exclamó Zas lleno de orgullo, pero nadie le hizo ni pizca de caso..., nadie, excepto Urso.

Desde un pupitre próximo, Urso contemplaba la escena sin perder un solo detalle. Urso era un chico nuevo, mayor, fastidión y bizco, que desde el principio de curso se había dedicado a incordiar a Zas sin descanso.

—Aquí viene Zas, el reptil más apestoso del colegio —comentó un día al verle entrar en clase, mientras le arrancaba de un manotazo su inseparable visera y se la tiraba por la ventana.

También a Urso le fastidiaban los amigos de Zas.

Nada más escuchar que G. J. tenía una casa de veinte dormitorios y un comedor con cuarenta y ocho sillas, Urso sintió una especie de vibración interior. Notó en sus entrañas un impulso perverso que le escocía por dentro y le incitaba a poner en ridículo a los Lagartijos.

Así que comenzó a dar grititos absurdos, mientras arqueaba las cejas, cerraba los ojos, subía la barbilla y se empujaba la punta de la nariz hacia arriba con un dedo.

—Y a ti ¿qué te pasa?, tío; ¿estás pirado, o qué? —le gruñó Zas.

—Pues que resulta que en esta clase hay un periquito —dijo Urso mientras pronunciaba la última palabra con una voz estridente y majadera.

—¿Un qué?

—Un chinorri con pelas; un marquesito podrido de pasta, un...

—¿De qué habla el monicaco este? —preguntó Micro señalando a Urso como si oliese mal.

—¿De qué voy a hablar?, ¡de ese chimpancé con gomina, que se llama G. J....! —cacareó Urso—. ¿Quién diría que, con esa pinta, el nene dispone de ¡20 baños! para hacer caquita? —añadió con un tono histérico, mientras hacía estúpidos movimientos con las manos.

A Zas le entraron muchas ganas de darle un puñetazo en todos los morros, pero, en lugar de eso, sacó una pequeña linterna de su bolsillo y, dándole con su luz en los ojos, le espetó irónico:

—¡Te has colao, melenao!, G. J. no es rico, ni nada de esas chorradas que estás diciendo. Lo que pasa es que te da rabia que todo el mundo, menos tú, sepa dónde vive.

Luego, muy ufano, apagó la linterna y se fue a su pupitre.

Entretanto Urso, parpadeando convulsivamente, comenzó a columpiarse sobre las patas posteriores de su silla para disimular su desconcierto.

En ese momento entró el profesor de Matemáticas.

—Buenos días —saludó con voz animada. Observó el sitio vacío de G. J. y preguntó—: ¿Alguien sabe por qué no ha venido...?

Justo en aquel instante se abrió la puerta de golpe, y apareció G. J. con aspecto de haber corrido a toda velocidad.

—¡Perdón! —dijo casi sin aliento.

Mientras se encaminaba rápidamente hacia su pupitre, Urso le agarró bruscamente de un brazo y, poniéndose más bizco que nunca, preguntó en tono catastrofista:

—¡Eh, macho!, ¿tú dónde vives?

HOTEL
CINE
BAR
CAFE

La fábrica abandonada

Durante el recreo, G. J. hizo acopio de los suculentos manjares que traía en la cartera.

Sobre una baldosa del patio extendió pulcramente una servilleta de papel en la que depositó dos bocadillos, tres bananas y una galleta de chocolate. Los plátanos de Canarias eran para G. J. un auténtico delirio. Si le dejasen hacerlo, no comería otra cosa.

Mientras se hallaba en plena degustación, observó que Zas se acercaba. Su aspecto le dio mala espina: seguro que venía a pedirle la galleta de chocolate. Así que, sin perder tiempo, se apresuró a esconderla con disimulo.

—¿Qué traes hoy? —husmeó Zas cuando llegó junto a él.

—Mmm... ná —respondió G. J. con los carrillos rebosantes de comida.

—¿Tú sin combustible?, ¡menos lobos, Caperu! —exclamó Zas incrédulo. Sacó una gran lupa de un bolsillo y comenzó a inspeccionar meticulosamente las vituallas que había expuesto G. J. sobre la servilleta de papel.

— Si quiés bocata —ofreció G. J. de mala gana.

—¿De qué es?

G. J. abrió las rebanadas de pan y miró en su interior.

—De morcilla con kétchup.

—Mejor déjalo —contestó Zas con un gesto de repulsa—. Oye, ¿cuál es el plan de hoy?

—A las diez en el Iglú. Hay noticias interesantes —respondió G. J., indiferente y sin dejar de masticar.

—¿Puedo llevar a Floro?

—¿A quién?

—A mi halcón recién amaestrado.

—¡¡Floro!!, ¡vaya nombrecito más chungo para un pajarraco! —se mofó G. J.

—... Ya, tío..., es que mola el contraste... Bueno, ¿lo llevo?

—Mejor no. A mi madre le puede dar un cangrí —dijo G. J. a la vez que masticaba el segundo plátano de la mañana.

—¿Un qué?

—Un cangrí —repitió G. J. con excelsa pronunciación.

—Querrás decir un canguelo, so inculto.

—¿Y eso qué es?

—¿Un canguelo? Pues lo mismo que tu *cangrí*... Vamos, eso creo —respondió Zas colocándose la visera de la gorra hacia atrás.

—Sí, pero mi *cangrí* es mejor...

—¡Ah!, ¿y por qué? —exclamó Zas impetuoso.

—Porque *gri* viene de *grito*, que es lo que va a pegar mi madre cuando vea a tu Floro subido encima de la lámpara de mi bisabuela.

—¡Uy qué trola!... Y el *can*, ¿de dónde viene?

—... Hummm... —murmuró G. J. mientras seguía masticando con deleite su plátano—, pues viene de... de... canalla.

Sin hacer caso de la estupefacción de Zas, G. J. comenzó a recoger los restos de todo lo que se acababa de zampar. Antes de dar por finalizada su tarea, dirigió la vista hacia Zas y le aclaró:

—O sea, que ya lo sabes: a las diez en el Iglú. Hay noticias frescas —y, dándole una palmada en la visera de la gorra, se marchó de allí muy digno.

A las diez de la noche, después de haber cenado y con los deberes hechos, Zas y Micro se encaminaron hacia el hotel donde vivía G. J., en cuyo desván se iban a reunir.

Tras el pequeño mostrador de la entrada estaba la madre de G. J. Atendía a un nuevo huésped, al que en ese momento entregaba la llave de una habitación mientras le decía en tono alegre:

—Aquí tiene la llave del dormitorio número 11, tal y como usted ha solicitado, señor.

Micro y Zas se acercaron al mostrador.

—Hola, ¿está G. J.? —preguntaron.

—Sí, creo que os espera donde siempre —respondió la madre sin hacerles mucho caso.

A Zas le llamó la atención que el nuevo huésped no levantara la vista del mostrador.

Era un hombre grandullón, iba vestido con una gabardina y tenía cara de antipático. Llevaba gafas oscuras, a pesar de que ya era de noche. Entre sus piernas había colocado una mochila de color negro, y en uno de sus lados tenía escrito el número 14.

Mientras subían los primeros peldaños de la escalera, oyeron que el fulano aquel preguntaba con voz de ultratumba:

—Esos dos ¿son hijos suyos?

—No. Son amigos de mi hijo —respondió la señora Jaén.

—Espero que no den mucha guerra —comentó el hombre malhumorado—. Necesito descansar.

En el Iglú aguardaba G. J. con el gesto impaciente y los ojos brillantes.

—Venid, ¡rápido! —dijo lleno de excitación.

Los condujo hacia la ventana del desván y, con una mueca desbordante de intriga, invitó a sus amigos a mirar hacia fuera.

—Bueno, ¿qué pasa? —preguntó Zas sin entender nada.

—¡Observa! —exclamó G. J., señalando la vista exterior.

—¡Ajajá!, ¡qué interesante! —comentó Micro sin dejar de mirar por la ventana.

—¿Qué veis? —inquirió Zas impaciente.

—La fábrica, Zas, observa la fábrica. ¿No ves algo extraño? —susurró G. J.

—No tengo ni puñetera idea de lo que estáis mirando. A veces os ponéis un poco idiotas con tanto misterio.

—Anda, Lagartijo, ¡resuelve el acertijo! —rio Micro dándole una cariñosa palmada en la visera de la gorra.

—¡Te crees muy lista!, ¿verdad? Aquí todo el mundo piensa que es mejor que yo... ¡Pues para que lo sepáis...!

—¡Venga, macho!, no seas pedorro, mira por la ventana, anda —pidió G. J. conciliador.

—Ya no me interesa. Me dan igual vuestros secretitos —refunfuñó Zas, mientras se cruzaba de brazos y se ponía de espaldas a la ventana para fastidiar.

—¡Vamos, Zas! —le animó Micro—. Te daré

una pista: algo indica que la fábrica no está deshabitada.

—¡Bah!, y a mí ¿qué?

—¡Zas, venga!

Al ver que le hacían tanto caso Zas se sintió importante. Puso cara de estar haciendo un inmenso favor; se colocó la visera de la gorra hacia atrás; extrajo con parsimonia de su bolsillo una especie de catalejo desplegable, que en realidad no servía para nada y, con gesto de superioridad, examinó el viejo edificio abandonado. Dedicó un buen rato a mover el original telescopio de bolsillo de izquierda a derecha, de arriba abajo, y otra vez de izquierda a derecha... Tenía mucho interés en demostrar que él hacía las cosas igual que si fuera un profesional auténtico.

De pronto, abrió mucho los ojos, contuvo la respiración y exclamó entusiasmado:

—¡Lo veo!, ¡lo veo!

¿Qué le ha ocurrido al perro guardián?

24 —¿Cuándo te has dado cuenta? —preguntó Micro a G. J.

—Ayer por la noche. Hacia las dos de la madrugada me levanté porque sentía mucho calor. Decidí abrir la ventana de mi dormitorio, y al hacerlo, percibí un tufo más bien raro —contestó G. J.

—¿Tufo a humo? —inquirió Zas arrugando la nariz como si acabase de descubrir el aroma más pestilente del universo.

—Sí, exacto. Entonces descubrí que una de las chimeneas de la fábrica abandonada echaba humo.

—No hay que alarmarse sin motivo —comentó Zas displicente—, quizá alguien ha comprado la fábrica y está haciendo una reforma para volverla a utilizar.

A Zas le gustaba demostrar que era una persona realista, entendida en asuntos profesionales, y que no se dejaba impresionar fácilmente.

—Es una buena deducción, pero hay algo que no encaja —comentó G. J.

—¿Qué es? —preguntaron Micro y Zas al tiempo.

—Que las obras suelen hacerse durante el día.

—¿Y?

—Pues que en este caso la chimenea funciona exclusivamente por la noche —respondió G. J. en tono enigmático, y explicó—: Hoy he llegado tarde al colegio porque he estado fisgando un poco y no he conseguido ver nada. La fábrica estaba totalmente abandonada, igual que siempre.

—Eso significa —interrumpió Micro—, que...

En ese momento Zas dio un respingo.

—¡El perro!, ¿dónde está el perro que vigila siempre la fábrica? —exclamó a gritos.

Micro y G. J. recordaban bien al perro que, desde hacía algunos años, impedía el paso a los intrusos, y al que de vez en cuando Zas pretendía amaestrar llevándole algún hueso, aunque se lo tenía que tirar desde lejos porque el animal mostraba los colmillos y no había manera de acercarse a él.

—El perro estaba allí esta mañana, tan majara como siempre —contestó G. J. con jovialidad.

—¿No oíste sus ladridos por la noche? —preguntó Micro.

—No.

—Tampoco ha ladrado ahora —comentó Zas, mientras miraba de nuevo por la ventana.

Micro entonces agarró el telescopio de fabricación casera de Zas, y examinó con él el terreno que rodeaba la fábrica.

—Hmmm —dijo— ya sé por qué no ha ladrado.

CLOROFO

Zas puso los ojos en blanco y le dijo a Micro enojado:

—¡¿Otra vez la misma cantinela?! A ver, so microbia, ¡desembucha!

Micro entonces le devolvió el catalejo y ordenó irónica:

—¿No te gustaban tanto los acertijos?, pues anda, Lagartijo, ¡averígualo tú mismo!

—¡Ahí va!, ¡si está fiambre! —exclamó Zas mientras observaba la escena con su catalejo de fabricación artesanal.

—No —respondió Micro de forma tajante.

—Sí, míralo. Tieso como una estaca, vamos, más muerto que el caniche de mi tatarabuela. Míralo, anda, míralo —insistía Zas.

—Te digo que no.

—Y yo digo que sí, ea.

—¿Apostamos?

Zas puso los ojos en blanco y adoptó un gesto de extremada resignación.

—¡Anda, que eres más tozuda que un ataque de hipo, hija! —exclamó elevando los brazos.

Micro soltó una carcajada. Zas le parecía ridículo cuando se hacía el mayor, así que, sin dejar de reír, le atosigó un poco:

—¡Déjate de rollos!, ¿apuestas algo o no?

—Vale —exclamó Zas en tono cansino, y dicho esto sacó de su bolsillo trasero un tirachinas y una pelota compacta, del tamaño de una nuez, que había hecho con nueve chicles usados.

Abrió la ventana, apuntó con precisión hacia el lugar donde yacía el perro y ¡fssss!, la bola salió por los aires, veloz y dura como una piedra.

Los Lagartijos oyeron en devoto silencio el recorrido del proyectil de chicle, hasta que percibieron un agudo ¡cris, crac!

—¡¿Serás mendrugo?! —exclamó G. J. furioso.

—¿Quién?, ¿¿yo?? —preguntó Zas haciéndose el inocente.

—Sí, tú, ¡tienes menos gracia que el pedo de un mono, tío! ¡Has roto el cristal del coche de mi padre! —chilló G. J., mientras observaba con espanto el desastre a través del telescopio casero.

—La culpa es de Micro, que se ha puesto muy insistente —respondió Zas señalando con el dedo a su amiga.

—¿¿Míaaa?? —exclamó ella colérica—. ¿Acaso te he pedido yo que lanzaras un pedrusco contra el coche?

—Pues sí, mira tú por dónde —respondió Zas envanecido—, y además he ganado la apuesta porque el chucho ese no se ha movido a pesar del cisco que se ha montado.

—¡Cuando se entere mi padre me mata!, ¡me degüella! —se quejaba G. J., y para calmarse un poco decidió recurrir a un plátano que tenía guardado en el bolsillo de la chaqueta.

Micro entonces se puso en jarras y mirando a Zas a los ojos le espetó:

—Pero ¿¡cómo demonios quieres que se mueva ese perro...!? ¡Está profundamente dormido!

—Ni hablar, ricura, está tieso, fiambre, cadáver...

Micro, furiosa, entregó el catalejo a G. J., que en ese momento engullía con deleite su plátano, y le ordenó:

—¡Lee!

—El qué —respondió G. J. sorprendido.

—Lo que pone en el frasco. Me refiero al que está tirado cerca del cubo de basura..., allí, junto al perro —impuso Micro con voz autoritaria.

Sin dejar de masticar su exquisito manjar, G. J. examinó detenidamente lo que le pedía Micro y dijo entre dientes:

—Allí pone la palabra «Cloroformo».

Ella, triunfante, se dirigió a Zas en tono de burla:

—¿Lo ves, pedazo de cenutrio? ¡Me debes una!

—¡Bah!, no hemos quedado en nada —respondió él, poniendo una cara más inocente que un cubo de playa.

Al ver que sus amigos comenzaban a pelear de nuevo, G. J. decidió distraerlos un poco y comentó con un suspiro:

—Sigo sin comprender algo: ¿por qué el perro no ha ladrado a la persona que le ha suministrado la anestesia?

—La respuesta es sencilla —añadió Zas—.

¿Qué es lo primero que hacen los perros cuando encuentran algo extraño?

—Olerlo —respondieron a coro sus amigos.

—Allí tenéis la explicación —comentó Zas orgulloso—. Seguramente le tiran el frasco desde lejos. Luego el perro se acerca con curiosidad, lo huele y... a los pocos minutos se queda sopa.

—¿No les resultaría más cómodo..., ejem..., deshacerse de él? —preguntó G. J. haciendo el gesto de cortarse el cuello con un dedo.

—Quizá les interesa que el perro esté en plena forma durante el día... —reflexionó Micro, y añadió— para evitar que los intrusos metan las narices ahí dentro...

Justo en ese momento, los Lagartijos notaron un brusco movimiento en la copa del árbol que lindaba con la ventana del Iglú. Las hojas del viejo roble se agitaban como si hubieran sido sacudidas por un fuerte viento.

—Parece que se avecina una tormenta. Lo siento por el perro, que no estará en condiciones de protegerse de la lluvia —comentó G. J.

—¡Bah!, le vendrá bien un poco de caña... ¡A ver si se le bajan los humos a ese chucho pulgoso! —exclamó Zas haciéndose el chulito.

—¿Y tú dices que te gustan los animales?, ¡menudo trolero! —interrumpió Micro. Luego miró por la ventana con tristeza y dijo—: Los objetos que están en punta atraen los rayos. ¡Mirad dónde se ha ido a dormir el infeliz!

—¡Es cierto!, todo el mundo sabe que jamás hay que refugiarse bajo un árbol durante una tormenta —explicó G. J. haciéndose el entendido.

Zas frunció el ceño, se acercó a la ventana y observó detenidamente el exterior.

—No se por qué os coméis tanto el coco. Os garantizo que a ese podenco no le parte ni un rayo —añadió displicente.

—¿Por qué dices eso? —preguntó Micro.

—¡Ah!, ahora te interesa que yo desembuche, ¿eh, doña sabelotodo? ¡Pues averígualo tú misma!, ¡anda!

LOVE
GIRLS

La habitación número 11

Micro y G. J. esbozaron una sonrisa al asomarse a la ventana. El panorama ofrecía la visión de un cielo plagado de estrellas. Nada indicaba que pudiese desatarse una repentina tormenta.

—¿Por qué se habrá movido el árbol de esa forma? —inquirió G. J., a lo que Micro contestó enseguida:

—Desde luego no ha sido por el viento. Mira el humo de la chimenea; sale completamente recto hasta perderse en la oscuridad.

—Creo que... —comenzó a decir Zas tímidamente—, me parece que ha sido Floro.

—¿Quién? —preguntó Micro arrugando la nariz.

—Nadie, ¡el pajarraco de Zas, que tiene nombre de mayordomo! —rio G. J.

Zas sacó el brazo por la ventana y llamó a su halcón con suavidad:

—¡Floro!, ¡Floro...! —pero no acudió ningún halcón a su llamada.

Un poco chafado, intentó justificarse:

—Es que últimamente anda en plan rebelde...

—¡Será que aprende bien de su dueño! —interrumpió Micro dándole un irónico codazo.

—... Bueno, a lo mejor Floro no ha tenido nada que ver. Apuesto que ha sido el gato de la madre de G. J., que siempre anda metiendo los bigotes donde no le llaman... —comentó enseguida Zas haciéndose el entendido.

—Más bien parecía una manada de gatos, a juzgar por cómo se movían las ramas —interrumpió G. J. riendo.

—Hay algo que me inquieta —comentó Micro—. Al llegar al hotel había un hombre muy antipático en la entrada. Insistía en dormir en la habitación número 11.

—Bueno, ¿y qué? —preguntó G. J.

—Pues que... esa habitación es la que tiene peores vistas en todo el hotel, ¿no os parece raro?

—¡Sí! —exclamó G. J., y añadió—: La semana pasada estuvo merodeando por aquí. Dio varias vueltas al jardín mientras miraba atentamente las ventanas de los dormitorios. Llevaba un cuadernillo y tomaba algunas notas. Luego entró y dijo que quería reservar la habitación número 11.

—Puede que sea un inspector de hoteles. Ya sabéis que esos tíos están siempre espiando la calidad de los alojamientos —comentó Zas.

—Es posible, pero entonces le hubiera dado igual una habitación cualquiera —opinó Micro—. Sin embargo, ese tipo estaba empeñado en la número 11. Me pregunto por qué.

Tras reflexionar un rato, Micro comentó:

—Conviene que barajemos todas las posibilidades. Si yo fuera ese individuo, ¿para qué podría querer un dormitorio así?

—Para disfrutar de una vista llena de hojas verdes —interrumpió G. J.—. Lo digo porque la ventana de esa habitación da al árbol del jardín.

—En ese caso, hay que reconocer que ese tiparraco tiene peor gusto que un batido de aguarrás —intervino Zas en plan irónico.

—¡Sin insultar!, —exclamó G. J. enfadado.

—Tranqui, tronco... ¡Cualquiera diría que ese fulano es tu íntimo!

—Lo que digas de ese hombre me da igual; pero no tienes por qué criticar las vistas que tienen las habitaciones de mi hotel, ¿entendido?

Zas hizo una ridícula reverencia al estilo japonés y pidió disculpas.

Entretanto, Micro, ajena a la escena de sus amigos, reflexionaba en voz alta:

—Es muy raro que haya elegido esa habitación con tanta insistencia. Desde cualquier otra ventana se pueden ver el puerto y el mar...

Zas aprovechó la ocasión para fastidiar un poco a Micro. Juntó ambas manos, ladeó la cabeza y parpadeando deprisa dijo:

—El puerto... El mar... ¡Qué romántico!

—Creo que a ese fulano le interesaba más el árbol que la habitación —intervino G. J.—. Lo que me hace pensar que pretende salir o entrar del hotel deslizándose por el árbol.

—¡Pues sí que es un tipo chungo!, vamos, es más chungo que la mugre de un gorrino... —exclamó Zas haciéndose el gracioso.

—¿Qué dices?, ¡no se te entiende, tío!

—Digo que el maromo ese se complica la vida un montón. ¡Mira que salir por las ramas, teniendo una puerta para usarla como todo hijo de vecino!

—A lo mejor pretende que nadie se entere de que ha salido —contestó G. J.

—¡Necesitamos pruebas! Si ha conseguido escapar por el árbol, entonces... ¡no puede estar en su dormitorio! —opinó Micro.

Los Lagartijos abandonaron el Iglú y bajaron las escaleras a toda velocidad.

La madre de G. J. dijo que no; que nadie había salido del hotel. Ella no se había movido del mostrador, y controlaba las entradas y salidas. Estaba muy segura de que no había salido ni una sola persona en toda la noche.

También les recordó que el nuevo huésped pretendía descansar y que probablemente estaría durmiendo. Pidió que no hiciesen ruido.

El misterio
del viejo roble

Los Lagartijos se dirigieron a la cocina y, según instrucciones de Zas, buscaron tres vasos de plástico.

—Ahora hay que hacer un agujero en el centro de la base —ordenó Zas.

—¿Para qué? —inquirió Micro.

—Ejem, pequeña, ¿es que nunca has oído hablar del sistema ultrasónico de escucha para puertas? Es un sistema infalible... —explicó Zas adoptando un tono superior, y añadió—: Tú no pienses, microbia, y sigue mis instrucciones si quieres participar en un experimento de alta tecnología acústica.

Posteriormente se encaminaron con sigilo al dormitorio número 11.

El pasillo estaba oscuro y frío.

Con un nudo en el estómago, los Lagartijos apoyaron las bocas de los vasos contra la puerta. Luego, pegaron un oído al agujero que habían hecho en la base.

Había un absoluto silencio.

—No se oye nada... —siseó decepcionada Micro—, tu infalible sistema ultrasónico parece que falla, Zas.

Zas, sintiéndose un poco ofendido, agarró el picaporte con sumo cuidado y lo movió. La puerta estaba cerrada con llave.

Una ráfaga de frío cruzó el pasillo oscuro, y G. J. sintió que las piernas le temblaban.

Iban a abandonar sus puestos cuando un extraño sonido los obligó a parar en seco. Fue una especie de crujido; un tenebroso y horripilante lamento que, implacable, surcó la negrura del pasillo. Aquel ruido había salido de la habitación número 11.

Haciendo lo posible por no huir de allí a toda velocidad, los Lagartijos contuvieron la respiración mientras escuchaban de nuevo a través de la puerta. A los pocos minutos, G. J. exclamó:

—¡Pero si ese tío está eructando!

—¡Sí, y además eructa como un burro! —dijo Zas impresionado.

—No, más bien parece una rana —comentó Micro.

—No, yo diría que es como un grupo de ranas, todas verdes y viscosas, que se te acercan a las piernas y te las dejan mojadas. ¡Buuuaajjj! —dijo Zas mientras abría mucho los ojos y se acercaba sospechosamente a Micro.

G. J. intervino enseguida:

—Busquemos otra pista. Creo que deberíamos inspeccionar el árbol.

Sin perder tiempo subieron al Iglú y comenzaron a reflexionar.

Desde la ventana podía divisarse parte de la copa del árbol, pero no su tronco. Para conseguirlo, era necesario asomarse tanto que resultaba excesivamente peligroso.

—¡Tengo una idea! —exclamó entusiasta Zas, mientras sacaba algo del bolsillo de su chaqueta—. Atamos a Micro con esta cuerda y... que practique una caída libre desde aquí hasta el árbol.

—¡Sí, hombre!, ¿y qué más? Se te ha olvidado mencionar las flores que me tendrás que llevar mañana al cementerio —protestó Micro furiosa.

—Bueno... —respondió Zas con tranquilidad—, pues si resulta que eres una miedica... no sé si podrás seguir perteneciendo a los Lagartijos, la verdad...

—¡¿Miedica?! —comenzó a decir Micro, y continuó enojada—. Si yo soy miedica, tú estás más pirado que una víbora con... con... ¡pestañas postizas!

A G. J. le entró un ataque de risa al oír aquello.

Zas se marchó a una esquina desde la que se le oía refunfuñar.

—Se me ocurre algo mejor —comentó G. J. serenándose un poco—. Vamos a construir un puente que vaya desde esta ventana hasta la copa del árbol.

Zas se puso tenso.

—¡Anda este!, ¡tiene más optimismo que un ciego en bicicleta! —interrumpió horrorizado—. ¿Cómo demonios vamos a diseñar un puente a estas horas?, ¡a ver! —preguntó imaginando la cantidad de trastos que debía sacar de su bolsillo para lograr edificar con ellos ¡nada menos que un puente!

—Muy fácil. Con la escalera de mano que tenemos para podar los árboles del jardín —respondió G. J. sosegadamente.

—¡Ah!, si es eso... —resopló Zas.

Los Lagartijos se pusieron manos a la obra. Subieron la enorme escalera al Iglú y la sacaron por la ventana, de forma que uno de los extremos apoyaba en el borde de la misma, mientras que el otro reposaba contra la tupida copa del roble.

El puente tenía un aspecto bastante inestable, y probablemente por eso, los dos chicos decidieron que Micro fuese la primera en probarlo.

—¿Por qué yo? —preguntó ella enfadada.

—Porque eres una chica —comentó Zas.

—¡Y qué!

—Que las chicas van antes.

—¡Uy, yo me piro de aquí ahora mismo! ¡Esto me huele peor que el eructo de una mofeta! —vociferaba Micro mientras se encaminaba hacia la puerta con rápidas zancadas.

Zas se disponía a comentar algo muy inoportuno, pero G. J. le sujetó de un brazo y siseó en su oído:

—Déjame a mí. Yo sé cómo tratar estos asuntos con las mujeres.

Se acercó a Micro, puso ambas manos sobre sus hombros, y la miró de frente a la vez que pronunciaba despacio un emocionado discurso:

—Micro, necesitamos que seas tú porque eres más rápida que nosotros a la hora de encontrar pistas.

Zas, desde una esquina del Iglú, ponía los ojos en blanco mientras pensaba: «Jo, hay que ver las cursiladas que tiene que oír uno a lo largo de su vida, ¡menuda camelancia!».

Micro escuchó la conferencia instintivamente de G. J. con gesto escéptico. Reflexionó durante un rato. Miró alternativamente a G. J. y a Zas, se mesó el cabello, se asomó por la ventana y estudió el recorrido que tendría que hacer.

—Bueno, ¡de acuerdo...! Zas, pásame tu linterna de bolsillo —ordenó con asombrosa seguridad en sí misma.

—¿Dónde la vas a llevar?

—En la boca.

—Entonces no te la presto. Me la vas a dejar... pringosa —dijo con un gesto de asco.

—¡Entonces, so aguafiestas, te paseas tú por el puente! —intervino G. J. enfadado.

Zas, con una mueca de fastidio, sacó la pequeña linterna de su pantalón y se la acercó dubitativo a Micro.

—... Pero no la chupes, ¿eh?..., me refiero a que retires la lengua todo lo que puedas hacia atrás... —indicaba poniendo cara de náusea.

Micro se encaramó a la ventana y asomó todo el torso. Fuera, estaba oscuro y solo podían oírse algunas voces lejanas que, seguramente, venían de los chiringuitos de la playa.

La escalera vibró un poco en el momento en que Micro se colocó a gatas sobre ella. Al notar el tambaleo de la madera, sintió enormes deseos de arrepentirse y dejar el turno a los demás Lagartijos..., pero al final decidió aguantar.

Salió poco a poco y se arrastró con suma precaución por el improvisado puente hacia las ramas del árbol. Las manos le sudaban y el corazón le latía tan fuerte que casi podía escucharlo. La escalera vibraba y crujía peligrosamente con cada pequeño movimiento.

Cuando estaba en el centro del camino, Micro cometió la tontería de mirar hacia el suelo y tan grande fue el vértigo, que notó una sensación de vómito en la boca del estómago.

Decidió entonces no volver a bajar la vista para no marearse, y se concentró exclusivamente en el punto de llegada.

A medida que avanzaba, recordó instintivamente que una vez había visto una película en la que el protagonista se ponía a cantar justo cuando su vida corría más peligro. Así que, imitando a aquel actor, comenzó a canturrear para olvidarse del miedo que sentía en esos momentos, y también para no pensar en el castigo que recibiría de su madre si la buena señora apareciera en esos momentos y viera a su hija por los aires.

Lentamente, Micro alcanzó la parte central del árbol, donde se podía divisar todo el tronco desde arriba hasta abajo. Con movimientos de gato, dejó la escalera y se apoyó con firmeza en una rama. Una vez allí, pudo utilizar una mano para explorar el árbol con la linterna que le había dejado Zas.

—¿Ves algo? —preguntaron impacientes sus amigos desde la ventana del Iglú.

—¡Sí! —exclamó ella llena de orgullo, y luego añadió jocosa—: Ahora tenemos una, mejor dicho, dos pistas seguras. Alguien ha utilizado este tronco para bajar al jardín.

—¿Qué es?, ¿qué pista estás viendo?

Ella, entonces, sonrió maliciosamente y ordenó enigmática:

—¡Venid a verlo con vuestros propios ojos!

Un estrepitoso accidente

Micro volvió a recorrer el camino de vuelta a través de la escalera para que Zas y G. J. pudieran ver por turno las pistas que ella había hallado, lo cual fue bastante complicado debido al peso excesivo de G. J. 53

Cuando este se encontraba en mitad del camino, la escalera que hacía de puente se combó peligrosamente, e incluso hizo un ruido de lo más sospechoso.

—¡Si no estuviera como un bollo...! —se quejó Zas.

—¡G. J., avanza rápido!, ¡no mires al suelo! —chilló Micro.

El pobre G. J., aterido de miedo, se quedó paralizado justo en el lugar más peligroso de todos. Como no se movía ni hacia delante ni hacia atrás, la escalera crujió un poco, y luego otro poco... hasta que crujió del todo y se partió.

G. J. cayó volando como un saco de patatas. Iba directo hacia el suelo. La bofetada tenía pinta de resultar descomunal.

—¡Agárrate a una rama!, ¡venga!, ¡una rama! —gritaban sus amigos desde arriba con desesperación.

Aunque no pudo oírlos, pareció que les había hecho caso. Cayó de bruces contra una de las ramas más gruesas y salientes del viejo roble. Todo el árbol se movió sacudido por el golpe. Un par de nidos, con sus huevos dentro, se precipitaron contra el suelo, y junto a ellos cayeron las pistas que Micro y Zas ya habían visto, pero a las que G. J. no había logrado llegar.

—Pues ahora sí que tenemos la cusqui, ¡vaya zurriagazo! Verás cuando se enteren mis padres —se lamentó Zas mientras seguía mirando cómo su amigo se hallaba empotrado contra las ramas.

De pronto oyeron un ahogado «¡aaauuiiii!» que parecía provenir de G. J., aunque no era del todo seguro.

—¡Escucha!, ¡no se ha muerto! Creo que deberíamos bajar enseguida —exclamó Micro.

—Sí. Cojamos primero un plátano. Ya sabes que los plátanos le consuelan mucho —contestó Zas con decisión mientras rebuscaba entre las provisiones de comida que G. J. siempre guardaba en el Iglú.

Los dos Lagartijos corrieron acaloradamente por las escaleras del hotel hasta llegar a la entrada del mismo, donde la madre de G. J. hacía punto tranquilamente tras el mostrador.

—¿Ya os vais? —les preguntó levantando la vista de su labor.

—Ssseee.

—¿Sabéis si mi hijo se ha ido a acostar?

—Psss, yo diría que está más o menos... indeciso —dijo Zas en plan chulito.

—Claro, ¡como que es muy tarde! ¿En qué habitación se ha metido?

—Eeee, pues, la verdad, ni idea —respondió Zas.

—Bueno, subiré a darle un beso.

—¡NOOO! —exclamaron ambos Lagartijos al mismo tiempo.

Sobresaltada, la madre de G. J. se llevó una mano al corazón.

Micro, entretanto, se acercó a ella y le susurró al oído:

—Está... cantando.

—¿¿¡Cantando!??

—Bueno..., eso intenta, ¿comprende?

—No, no comprendo —respondió la señora Jaén.

—Ejem..., me refiero a que está en una posición delicada en estos momentos, ¿entiende ahora?

—No.

Micro bajó más la voz, puso las manos alrededor de su boca, se acercó al oído de la madre e hizo como que le confesaba el mayor secreto del mundo:

—Los padres no pueden aparecer cuando estamos cantando; primero porque da mucho corte, y segundo porque es trampa.

—¡Pero qué sarta de estupideces os dicen en el colegio!, ¿trampa dices?, ¿por dar un beso a nuestro hijo? —exclamó la madre mientras ponía gesto de haber olido una bomba fétida.

—Es que nos entran tentaciones de pedir ayuda y todo eso.

—¡Vaya! —exclamó la buena señora—. ¡Pues sí que estamos buenos!

—Ya —contestó Micro a la vez que daba un empujón a Zas para indicarle que había que salir de allí a toda velocidad.

Ambos Lagartijos corrieron en busca de G. J., que todavía seguía de bruces contra las ramas. Al acercarse, su amigo les espetó:

—¡Quietos!

—¿Te has hecho daño? Mira, te traemos un plátano... —comentó tímidamente Micro, pero, al no obtener respuesta, decidió preguntar otra cosa—: ¿Cómo te encuentras?

—Bien, pero ¡no os mováis! —ordenó G. J. de forma tajante.

—Jo, macho, ¡nos has dado un susto! —exclamó Zas.

—¿Cuántas pistas había allí arriba? —preguntó G. J. con asombrosa insistencia.

—Dos. Un botón enganchado a un trozo de tela y también una colilla de puro... —respondió Micro con un cierto titubeo. Tenía la sensación de que G. J. estaba enfadado.

Entretanto, desde la rama del árbol, G. J. ponía mucho empeño en mirar fijamente al suelo. Al cabo de unos interminables segundos dijo animado:

—Sí, allí las veo. Entonces ahora tenemos otras dos pistas nuevas. Una de ellas indica hacia dónde se ha encaminado nuestro hombre.

Zas sintió un alivio tremendo al comprobar que a G. J. no se le había atascado el cerebro con el golpe; y para festejarlo, decidió bromear un poco. Así que, mientras le acercaba el plátano, comentó con guasa:

—Oye, G. J., ¿piensas bajar de allí en algún momento, o has decidido convertirte en un mono platanero a partir de ahora?

—Podríamos llamarte el mono Gerardo, o Gerardo el mono —dijo Micro riéndose como si acabase de contar un chiste buenísimo.

Sin embargo, G. J. no se movió, ni hizo amago de agarrar el plátano que le ofrecían sus amigos.

Micro puso un rostro tenso y miró a Zas con preocupación.

—Venga, G. J., baja ya, anda —pidió con inquietud.

—Tu madre está mosca, te aviso —se impacientó Zas.

G. J. permaneció inmóvil y en silencio durante unos segundos. Luego, ¡por fin!, habló con un hilo de voz:

—Ahora voy, pero antes quiero que recojáis las pistas con cuidado. No me siento capaz de bajar de aquí sin estropear una de ellas.

—¿Se trata de algo delicado?

—No estoy seguro de que sea una pista verdadera o una simple casualidad. El caso es que si bajo antes de que lo recojáis, seguro que se escapa. ¡Deprisa!, ¡no sé cuánto tiempo podré aguantar!

Un sospechoso en la calle

A la mañana siguiente G. J. notó que alguien le sacudía y haciendo un gran esfuerzo se frotó los ojos.

Con cierta dificultad pudo ver a su madre a los pies de su cama. Tenía cara de enfado.

—¿Por qué me despiertas tan temprano? —gruñó G. J.

—¡Mira este!, ¡temprano dice!

—¿Qué hora es?

—Las doce y media, ¡so gandul!

—¡Hoy es sábado! —refunfuñó con la lengua pastosa.

Se arrebujó en un lado de la cama y encogió las piernas. Quería que le dejaran en paz, pero su madre no parecía estar de acuerdo.

—¿Qué pasó aquí anoche? —preguntó en tono impaciente.

—¿Qué pasó de qué?

—Oye, G. J., no me gustan las tonterías, ¡estuviste fuera!

—Fuera ¿dónde?

—¡Aj!, qué niño más insoportable —entonces la madre de G. J. perdió un poco la paciencia y se puso a chillar—: Una cosa es que deje venir a tus amigotes, y otra muy distinta que hagas lo que te sale de las narices, ¿me oyes? Una cosa es que yo crea que estás cantando y otra muy distinta que andes por ahí revolcándote en la hierba, ¿te enteras?

—No —respondió G. J. sin entender nada.

—¡Ah!, ¿no? —entonces la madre, furiosa, levantó del suelo los pantalones y el jersey de G. J. y los zarandeó delante de su cara—. ¡A ver!; ¡explícame esto!

Con asombro G. J. comprobó que tenían desgarrones por todas partes y montones de manchas verdes y marrones.

—¡Ah!, eso... —empezó a decir, pero no siguió.

—Sí, efectivamente, ¡esto! —los ojos de la madre echaban fuego de pura furia.

Miró a G. J., y este se incorporó en la cama mientras pensaba a toda velocidad.

—Es que... tuve que salir a cantar fuera.

—¿¡Fuera!? ¿Y esa novedad a qué viene?

—Dentro de casa me quedaba sin respiración. Con el aire puro me salía mejor la voz.

De pronto su madre puso un gesto de sospecha que a G. J. le resultó angustioso.

—¿No será —se interrumpió mientras le taladraba con la mirada—... que había alguna chica escuchando tus cánticos?, ¿verdad?

—¿¡Una chica!?, ¿qué chica?

—Pues eso es lo que quiero que me digas —dijo la madre poniéndose en jarras. Luego cambió un poco el tono de voz y adoptó un gesto confidencial. Tomó asiento en el borde de la cama y se acercó a la cara de su hijo—: A ver, G. J., dime la verdad, ¿estabas intentando ligarte a una chica que te gusta?, ya sabes, como hacen los actores de las películas cuando se enamoran de la actriz.

G. J. se puso pálido y empezó a sudar... Bajó la vista y dijo tímidamente.

—Ssss.

—¿Y qué pasó?, ¿no te hizo caso?, ¿te tropezaste con los nervios...?

—Ssss.

A la madre de G. J. se le iluminó la cara. Se inclinó hacia él, le agarró de los mofletes y quiso darle un beso en la frente mientras decía:

—¡Este hijo mío es ya un hombre! ¡Y qué hombre!

Dicho esto salió de la habitación con una sonrisa de oreja a oreja y con los pantalones y el jersey todavía en la mano.

G. J. se quedó sobre la cama, rascándose la cabeza y sin entender demasiado bien todo lo que acababa de suceder.

Al cabo de unos segundos llamaron a su puerta. De nuevo era su madre y todavía sonreía:

—Se me olvidaba decirte, Romeo, que tus amigos te esperan abajo. Dicen que te des mucha prisa.

G. J. miró su reloj. ¡La una menos cuarto! ¡Eso sí que era un récord! Jamás había estado en la cama hasta esa hora, excepto cuando estaba enfermo, claro.

Se vistió a toda prisa y bajó las escaleras de cuatro en cuatro peldaños.

Al pasar por la habitación número 11 se paró un momento a escuchar.

—¡Anda!, ¡pero si este individuo sigue roncando! —se dijo a sí mismo sorprendido.

Al llegar a la entrada, los Lagartijos le esperaban impacientes.

—¡Ya era hora! —se enfadó Micro al verle aparecer.

Zas, en cambio, le miraba con un gesto mustio.

—Oye, tío, que yo no me puedo quedar con este bicho en casa —dijo mientras señalaba una caja de cartón en la que había metido al repugnante sapo que encontraron la noche anterior. Y añadió compungido—: No veas la histeria chunga que le ha entrado a mi madre cuando lo ha visto.

—¡Pues sí que es una gracia!, ¿no decías que te gustan mucho los animales? —protestó G. J.

—Sí, eso dice, pero todo es mentira —intervino Micro.

—¡Que no es por eso!, ¡que no!, que es por mi madre. Se ha puesto a dar gritos y por poco lo mata con la escoba —explicaba Zas—. Y también es por Floro, que... se lo ha querido comer dos o tres veces. ¡Menuda nochecita he pasado!

—Bueno, venga, lo meteremos en una bañera del hotel —consintió G. J.

—Así la palma. Fijo que nos lo encontramos tieso a la vuelta —dijo Zas.

—Ah, ¿sí?, ¡pues a ver si te aclaras! —se enfadó G. J., y añadió disgustado—: ¡No haces más que cambiar la emisora, tío!

—Necesita una roca, o algo por el estilo, y también necesita agua...; y además, tiene que estar al sol, pero no demasiado... y es preciso que haya muchas moscas alrededor...

—¡Pues sí que el viscoso este se anda con exigencias! —refunfuñó G. J.

Tras hablar y discutir un rato, decidieron que lo mejor era llevar al sapo al jardín y dejarlo junto a un barreño de agua para que pudiera bañarse y no se muriera. Luego se fueron del hotel y se dirigieron a la fábrica abandonada. No salía humo de la chimenea; pero, en cambio, quien salió veloz como un rayo fue el perro.

El animal se movía con una fuerza descomunal de un lado a otro. Tenía el pelo erizado, las garras salientes, y mostraba sus temibles colmillos mientras un hilo de baba espumosa resbalaba por las comisuras de su boca. No cabía ninguna duda de que estaba dispuesto a morder a cualquiera que se acercase a él.

Al contemplar la escena, G. J. y Micro sintieron un calambre en las piernas.

—Separémonos. No podrá hacernos caso a los tres al mismo tiempo —sugirió Zas.

—De acuerdo. Cada uno tiene que trepar por una tapia diferente. Mientras Zas le distrae, nosotros dos entramos en la fábrica. ¿Vale?

—¡Un momento! ¿Y qué se supone que tengo que hacer para distraerle: cantarle una nana?, ¿o quizá os parece más adecuado que le preste mi pierna para que la haga picadillo? —protestó Zas.

Micro aprovechó la ocasión para meterse un poco con Zas. Puso una mueca y cruzándose de brazos dijo:

—Lo que te ocurre es que eres un miedica.

El perro seguía ladrando atrozmente y a veces daba fuertes golpes contra la verja, como si quisiera romperla.

—¡... Es que este chucho tiene más peligro que una tarántula dentro de un zapato! —se lamentó Zas un poco hosco.

Se quitó la gorra con intención de pensar algo a toda velocidad, y, mientras se rascaba con la mano su pelo de cactus, notó un bulto que se movía tras la esquina que tenía frente a él.

Afiló su mirada todo lo que pudo, pero nada volvió a moverse detrás de la pared. Sin embargo, la sombra de una persona se proyectaba en el suelo. Alguien los vigilaba escondido detrás de un muro.

—¡Es él! —susurró Zas nervioso.

El perro seguía organizando un lío tremendo, hasta el extremo de obligar a los Lagartijos a hablarse a gritos.

—¡Es él! —volvió a repetir.

—¿Quééé? —preguntaron sus amigos.

—¡Nos está espiando tras esa esquina! —dijo nervioso—. No he podido verle la cara, pero sé que lleva una camisa con la misma tela que estaba enganchada al botón que encontramos anoche.

Durante unos segundos los lagartijos permanecieron inmóviles.

No sabían muy bien qué era lo más conveniente, si hacerse los despistados o, por el contrario, lanzarnos a perseguir al sospechoso a toda prisa.

Finalmente se decidieron por lo último y, de un salto, emprendieron una veloz carrera hacia la esquina..., pero, cuando llegaron, quienquiera que fuese había huido.

Sus rápidas pisadas hicieron eco entre las callejuelas y, por la dirección que tomaban, los Lagartijos supieron que aquel individuo se estaba dirigiendo a la Plaza Central.

—El muy marrullero quiere que le perdamos de vista en el mercado. No debemos permitir que llegue allí o será el final —dijo G. J. sin resuello.

Corrieron hasta quedarse sin aliento. G. J. sentía un fuerte pinchazo en el costado izquierdo y cada dos minutos tenía que pararse, doblado, para tomar aire.

—¡Si no comieras tanto...! —le regañó Zas en tono impaciente.

Pero, aunque emplearon la máxima velocidad posible, llegaron a la plaza sin haber conseguido darle alcance.

—¡Ha sido tu culpa!, ¡corres peor que una morsa con tacones...! —se lamentó Zas jadeando.

—¡Mira quién fue a hablar! —intervino Micro—, tú tampoco has estado muy ágil, que digamos...

—¿Ah no?, y ¿por qué?, ¡a ver!

—Porque te has equivocado de calle, ¡pedazo de mastuerzo!, y nos has hecho dar un rodeo grandísimo...

Era sábado y, como era habitual durante la mañana de los sábados, el centro del pueblo se inundaba con un mercadillo. Por cualquier parte podía divisarse algún puesto atestado de gente donde vendían ropa, animales, comida, trastos y más trastos.

—¡Qué fastidio! —dijo G. J. mientras resoplaba agotado.

—Sí, casi lo teníamos. Es increíble lo rápido que corre ese chalao; cualquiera diría que conoce bien el camino —resolló Zas.

—Exacto..., ¡no como otros...! —exclamó G. J. vengativo.

De pronto Micro se quedó tensa. Aguzó la vista y gritó:

—¡Mirad! ¡Allí está! ¡Puedo ver su camisa!

—Vamos a separarnos para encerrarle —exclamó G. J. con ahínco.

—¿Dónde está?, ¿dónde? —gritó Zas desesperado, haciendo uso de su telescopio de bolsillo.

—¡Allí!, ¡mira!

Un extraño descubrimiento

Zas sintió que se le quemaban las tripas de pura rabia. Por más esfuerzo que hacía no conseguía distinguir al sospechoso.

Guiñó los ojos, escudriñó el lugar que sus amigos le indicaban, se fijó tanto como pudo hasta quedarse casi sin vista..., pero no percibió más que un puesto lleno de rollos y más rollos de tela para confeccionar cortinas, almohadones y demás cursiladas.

Entre las personas que invadían el puesto, Zas fue capaz de distinguir a su madre que pretendía comprar una tela horrible y en esos momentos discutía el precio con el vendedor... Pero, en cambio, no conseguía percibir la camisa del sospechoso.

—¡Bah!, ese tío no es el mismo que buscamos —dijo, a pesar de que no tenía ni idea de a quién demonios estaban persiguiendo.

—¿Cómo lo sabes? —preguntó G. J. sorprendido.

—... Mmm, chupao..., ¡porque es muy bajo!

—¡Bajo!, pues sí, la verdad es que parece algo bajo ahora que lo mencionas.

—No, si ya te lo estoy diciendo —comentó Zas. Sentía un alivio tremendo, ¡ahora sus amigos creían que él también lo había visto!

—Y entonces —refunfuñó Micro—, ¿por qué lleva una camisa con la misma tela que la del botón?, ¡a ver!

—¡Anda qué niña más lerda!, ¡pues porque hay mucha gente que compra ropa igual!, ¡no te fastidia! —gruñó Zas; que ahora empezaba a sospechar que Micro estaba a punto de descubrirle.

—Pues a mí me parece demasiada casualidad. No es una camisa muy corriente que digamos... —respondió Micro con una mueca de disgusto.

Zas sabía que Micro tenía razón, ¡vaya fastidio!; pero no dijo nada de momento.

Decidió estrujarse un poco los sesos. Si el tipo ese se había escondido tras el puesto de telas, seguro que los estaba espiando desde allí. Cualquier movimiento que los Lagartijos hiciesen para ir en su busca le haría huir de ese lugar; a no ser que fuese más bobo que un higo, y se quedase paralizado en el mismo sitio.

De pronto se le ocurrió una idea.

—Debemos hacerle creer que no le perseguimos.

—¿Tú eres tonto o qué? —refunfuñó Micro—, ¡pero si ya sabe que le estamos buscando!, ¿por qué se ha escondido si no?

—Bueno, pues podemos despistarle.

—¿Cómo?

—Largándonos de aquí.

—¡Claro! —exclamó G. J.—. ¡Zas, eres genial!

—Gracias, camarada —respondió Zas con arrogancia.

—Realmente parecéis un par de cobardicas. No sé qué demonios hago con vosotros —chilló Micro—. Creo que tenéis miedo; eso creo.

—¿¡Miedo!?, pero fililí, ¿de qué hablas?

—De que no queréis ir a por él y estáis inventando pegotes.

G. J. y Zas se miraron. En realidad tenían algo de miedo. Lo sabían porque el nudo en el estómago les había eliminado el apetito, a pesar de que ya era la hora de comer. Quizá el sospechoso fuese un asesino peligroso, o un traficante de drogas, o puede que llevase un arma mortal. Algo malo estaba tramando, eso era indudable...

—Vamos a mantener el plan previsto. Nos separaremos y cada uno irá hacia él por un lugar diferente —sugirió Micro impaciente.

—Eso. Le atraparemos por sorpresa.

—De acuerdo —asintió Zas—, pero todos a la vez, ¿eh?

—Lo esencial es verle la cara. Así tendremos algún dato real en caso de que haya que acudir a la policía.

—Bueno.

—Venga.

—Andandero.

—Ya.

—¡¡¡YA!!!, pero ¡YA de AHORA! —gritó Micro indignada, y añadió—: ¡Cobardes!

Los Lagartijos, entonces, se distanciaron y anduvieron cada uno por un camino distinto.

Zas decidió ir en línea recta, despacio, con tranquilidad absoluta, haciendo ver que se acercaba a su madre.

Sacó un yoyó de su bolsillo y comenzó a hacer malabarismos. Sabía que el sospechoso tenía clavada la vista en él, estaba convencido de que le miraba atentamente y era importante que no dejara de hacerlo. De este modo sus amigos podrían sorprenderle por detrás.

—¡Calma...! —pensaba Zas mientras una corriente de frío le subía por la columna vertebral—. Calma... —se repetía a sí mismo, a medida que el yoyó volaba por los aires, prendido de la cuerda que Zas tenía sujeta en un dedo—... No tengo que levantar sospechas, no debo asustarle...

Mientras tanto, Micro se acercaba por la derecha y G. J. lo hacía por la izquierda. Ambos iban agachados y corrían dando pequeños saltos hacia la parte posterior del puesto de telas.

Cuando se hallaban cerca, pudieron ver con claridad el pantalón y la camisa de la persona a la que estaban buscando. Se había escondido bajo una mesa que sostenía grandes rollos de tejido. Micro y G. J. solo veían su cuerpo tumbado en el suelo...

Allí estaba el traidor.

De un salto, se tiraron sobre él con estrépito. El sospechoso notó que alguien le aprisionaba la espalda y empujaba su rostro contra el suelo. Le entró tierra en la boca y en los ojos.

A partir de entonces, todo fue un poco confuso.

G. J. se había dado un golpetazo enorme en toda la nariz contra el bordillo de la mesa; pero él estaba tan concentrado en su tarea que casi no notó las estrellitas que en ese momento le nublaron la vista.

Micro cayó encima de G. J. y le tiraba de los pelos creyendo que él era el sospechoso.

Mientras tanto, Zas quiso saltar limpiamente por encima del mostrador de telas, igual que hacen los actores de las películas de acción; pero calculó mal la caída y se precipitó contra los rollos de tapicería que salieron disparados por todas partes.

Todo era un revoltijo de piernas, brazos, de gritos y alboroto. Nadie sabía con exactitud quién estaba atacando a quién.

La madre de Zas apareció corriendo, y decidió intervenir de una forma bastante inoportuna. Agarraba fuertemente de una manga a su hijo mientras gritaba furibunda:

—¡Hijo!, ¡Zas!, ¡que me da un pasmo!, ¡deja a ese compañero!, ¡Zas, obedece a tu madre!

El dueño del puesto de telas la emprendió a patadas con todo el mundo; las compradoras aullaban y huían despavoridas; la gente se arremolinaba alrededor con ganas de curiosear y el sospechoso... el sospechoso ¡lloraba!:

—¡No me peguéis, por favor!, ¡socorro!, ¡me quiero ir!, ¡que alguien me ayude! —gemía desesperado.

Por unos instantes todo se paralizó.

Micro notó que se le estaba hinchando un ojo, pero aun así se quedó inmóvil con la boca abierta.

Zas llevaba la chaqueta rasgada y a su madre se le habían roto tres uñas, pero ambos permanecieron como petrificados.

A G. J. le dolía un montón el golpetazo de la nariz, pero se aguantó del puro asombro que le invadía.

Por unos instantes, solo pudo oírse el lloriqueo del sospechoso.

—¡¡¡¡URSO!!!!

Urso se hallaba tendido boca abajo, con el enorme peso de G. J. sobre sus espaldas, los codos de Micro en sus piernas y con la rodilla de Zas encima de su cabeza.

Los Lagartijos se incorporaron de un salto. Todo parecía dar vueltas a su alrededor. Urso también se levantó, más bizco que nunca, con el pelo alborotado, las orejas llenas de tierra y con la cara roja de furia.

—¡Sé lo que estáis tramando!, ¡lo sé todo! —gritó irritadísimo delante de todo el mundo.

—¡Y una caca!, ¡tú no sabes nada de nada! —le soltó Zas.

—Zas, hijo mío, ¡mira que cobras! —amenazaba su madre.

—Sí que lo sé, ¡lo he visto con mis propios ojos! Estáis traficando con animales protegidos, ¡eso es lo que estáis haciendo!, que yo lo he visto, ¡lo he visto! —aullaba Urso mientras señalaba hacia sus ojos bizcos con tanta intensidad que por poco se mete el dedo en uno de ellos.

—¡Pero, chaval!, ¿de qué porquería estás hablando? —le increpó G. J. a gritos.

—De vuestro repugnante sapo, y de todos los otros repugnantes sapos que tenéis en esa repugnante habitación —vociferó Urso hasta quedarse ronco.

¡El sapo!, ¡una especie protegida! Los Lagartijos no sabían nada de todo eso; ni siquiera habían pensado en ello un solo instante. ¡Qué fuerte!

Como un resorte, los tres amigos echaron a correr a toda velocidad hacia el hotel donde habían dejado al animal. A lo lejos oían a la madre de Zas gritando no sé qué. También oían a Urso, que chillaba todavía más que la madre.

Cuando, agotados, entraron en el jardín del hotel, observaron con espanto que el sapo había desaparecido.

—Solo está el barreño que dejamos con agua —resopló G. J.

—No. También hay algo más. Creo que el sapo no se ha ido por su cuenta —comentó Micro jadeando.

—Es cierto. Alguien se lo ha llevado, y allí tenemos la prueba —opinó Zas sin aliento.

—¿Dónde?
Ahora era G. J. quien no la veía.

Los sapos

—¿Quién nos iba a decir que el escalador del árbol era el lilón de Urso? —comentó G. J. decepcionado.

—Sí. Hace ya algún tiempo que anda metiendo las narices en todo.

—Lo que me escuece más es que el muy makoki haya descubierto antes que nosotros lo valioso que era este sapo —añadió Zas compungido. Se rascó la cabeza y continuó—: ¡Pensar que lo he tenido en mi casa y lo he dejado aquí sin vigilancia!

—¡Movamos el coco! —ordenó Micro impaciente—. Aquí está pasando algo extraño. Es evidente que el fisgonazo de Urso ha utilizado este árbol, pero recordad que también encontramos algo que no le pertenecía... a no ser que el tío fume, claro.

—¡El puro! —exclamó G. J.

—Sí. Es de la misma marca que esta otra colilla que ha aparecido junto al barreño de agua —explicó Micro levantando del suelo un trozo de puro con cara de asco.

—Lo que significa que... —empezó a decir G. J. con voz de misterio.

—¡Que un chinorri que fuma puros y se descuelga por los árboles nos ha birlao el sapo! —interrumpió Zas con presunción.

—Y mira que era nauseabundo el sapo ese... ¡Qué asco! —comentó Micro con un gesto de grima.

—Sí, era más asqueroso que un bocata de mocos... ¿Quién iba a pensar que pertenecía a una especie protegida? —añadió G. J.

—Sin embargo, en esta película hay más de un sapo. Urso ha asegurado haber visto muchos sapos y, según él, todos estaban guardados en una repugnante habitación.

—¡La número 11! —gritaron Zas y G. J. al mismo tiempo.

—Sí. ¡Ahora me explico de quién eran esos eructos!

—Todos bromeamos diciendo que este tío eructaba como un manojo de ranas... —reflexionó G. J.

Los Lagartijos se precipitaron hacia el interior del hotel.

Al verlos entrar, la madre de G. J. puso un gesto de absoluto reproche. Tenía los brazos cruzados y golpeaba el suelo con la punta del pie derecho.

—¡Más os vale tener una explicación convincente!

—De qué.

—¿Qué habéis hecho?

—Nada.

—¿Dónde habéis estado?

—En ningún sitio.

—¡Ah!, ¿no? ¿Y entonces por qué lleváis esa pinta tan cochina?

Los Lagartijos miraron su ropa y por primera vez se dieron cuenta de que la llevaban zaparrastrosa y manchada de barro a causa de la pelea que habían mantenido con Urso. Micro tenía el pelo revuelto y Zas exhibía un buen desgarrón en la manga de su chaqueta.

—¡A ver!, ¡estoy esperando una explicación! ¡AHORA! —gruñó la señora Jaén.

G. J. comenzó a rascarse la cabeza y los Lagartijos pensaron a toda prisa.

—Es que está de moda. ¿No lo sabías? —interrumpió Zas.

—Es cierto, ¡todos los de la clase van así! Se rompen la ropa a propósito para estar más guays —le apoyó G. J.

—Algunos incluso se han teñido el pelo de color azul turquesa —añadió Micro—, pero a nosotros eso no nos mola.

—Y también se ponen un pendiente en la ceja... —se animó Zas.

—Y otro en la lengua, mira, aquí... —añadió G. J. mientras mostraba la lengua a su madre para que viera claramente dónde estaba el punto exacto de inserción.

—¡BASTA YA! ¡SILENCIO! —chilló la madre con un gesto de fastidio—. Mira, G. J., si haces una tontería de esas te..., te... ¡Como se te ocurra venir con un pendiente en la ceja...! TE..., TE..., fíjate lo que te digo, ¡TE LA GANAS!

La señora Jaén no cabía en sí de furia. Tan espantosa le había resultado la revelación de los Lagartijos, que pensó en cuánta suerte tenía porque solo estuviesen un poco sucios.

—Oye —interrumpió G. J.—, el de la habitación 11 ¿ha salido?

—Sí —respondió la madre un poco sorprendida.

—¿Por la puerta? —preguntó Zas.

—¡Pues claro!, ¿por dónde iba a salir?

—Y ¿ya has limpiado su cuarto? —inquirió G. J.

—Todavía no he terminado del todo.

—¿No has visto algo raro?

—¿Como qué?

—No sé, algo asqueroso, guarrísimo..., algo tan puerco como un sapo... por ejemplo.

La madre se quedó pensativa y se llevó un dedo a la comisura de la boca.

—No... —respondió finalmente—, tan repulsivo como un sapo, la verdad es que no, pero sin embargo había otra cosa bastante desagradable. Creo que ese maldito árbol tiene la culpa. Me he visto obligada a gastar un...

En ese momento se abrió la puerta de golpe y apareció la madre de Zas como una tromba. Venía acalorada y resoplaba roja de ira.

—¡Castigado! ¡Estás castigado por salvaje! —vociferaba casi sin aliento en dirección a su hijo.

La madre de G. J., entonces, puso cara de condescendencia y agarró amistosamente a la furibunda señora por el hombro, mientras decía en tono tranquilizador:

—Serénate, mujer, que ya he hablado con ellos y me han prometido que no se harán nunca esa salvajada en la lengua. Ven, querida, que te preparo una tila —y se la llevó hacia la cocina.

Los Lagartijos aprovecharon la ausencia de las madres y se dirigieron hacia el casillero que contenía las llaves de las habitaciones. La casilla correspondiente a la habitación número 11 estaba vacía.

—Aquí no está la llave. Quizá ese hombre ha regresado de su paseo y ahora se encuentra dentro del cuarto —comentó G. J.

—O puede que desee hacernos creer que está allí dentro —opinó Micro.

—¿Por qué no utilizamos la llave maestra? Podríamos intentarlo... Todos los hoteles tienen una —propuso Zas.

Inspeccionaron el mostrador..., pero sin éxito. Registraron los cajones, todas las casillas del casillero... Nada. No había rastro de la llave maestra.

—A lo mejor está en el bolsillo de ese delantal —dijo Micro señalando un delantal que reposaba sobre una silla.

Efectivamente la llave estaba dentro del bolsillo frontal. Los Lagartijos se encaminaron con sigilo hacia el dormitorio y golpearon levemente la puerta con los nudillos. No hubo respuesta. Movieron el picaporte y tampoco oyeron nada. Así que decidieron entrar en el cuarto.

Había un fuerte olor amargo y pudieron ver ropa encima de la cama, zapatos, algunas corbatas sobre una silla, un periódico en la mesilla de noche. Era evidente que su madre no había terminado de asear la habitación del todo. Allí estaban sus bártulos de limpieza... y todavía quedaba algún detalle por recoger.

—Ahora entiendo por qué mi madre decía que esta habitación no estaba libre de cosas desagradables... Hay por lo menos ocho variedades diferentes de sorpresas desagradables —dijo G. J. con una mueca graciosa.

—¡Menudo soponcio se va a llevar el cliente cuando llegue! —añadió Micro—. En cualquier caso, aquí tenemos la prueba de que en esta habitación han trasnochado unos cuantos sapos.

—Me muero de risa solo de pensar en el careto que se le habrá puesto a mi madre al entrar aquí —comentó G. J. divertido.

—¿Se puede saber de qué estáis hablando? —preguntó Zas enfadado.

—¡Vamos, Zas!, ¡no me digas que no lo captas! —se mofó Micro.

INFORM
PAF

El Zoo

Los Lagartijos subieron inmediatamente al Iglú para recoger la caja de cartón en la que guardaban todas las pistas que iban encontrando.

—Tenemos que escribir alguna clave que nos ayude a recordar todo lo que vamos metiendo aquí dentro —comentó Zas.

—¿Para qué? —inquirió Micro.

—¡Anda que estás pal tinte!, ¿para qué va a ser?, ¡para saber si nos han robado algo!

Sin esperar los comentarios de sus amigos, Zas sacó de su bolsillo un rotulador de punta gruesa y escribió con evidente regocijo sobre la tapa de la caja.

P2 + B1 y S1 # 2hA + TA = 1/4. 11

—No charolo ni pun —exclamó G. J. con una mueca.

—¡Está chupito, colega! —se jactó Zas, y luego con un gesto de pleno orgullo personal comenzó a traducir lo que había escrito, mientras iba señalando cada número y cada letra con un dedo.

—P2, ¿veis?: P de puro y 2 de...

—2 de dos, macho, ¡hay que ver cómo te enrollas, tío! —se impacientó G. J.

Zas no se inmutó con el comentario. Parecía muy satisfecho de su proeza jeroglífica y continuó ufano con la traducción:

—Más 1 **b**otón y 1 **s**apo. Las dos primeras pistas han salido de las **h**ojas del **árbol**, ¿no? Por eso he puesto 2hA. Y el sapo estaba junto al **t**ronco del **á**rbol ¿eh?, pues entonces TA. Todo esto es igual al misterio del cuarto 11. ¿A que es guay?

—Psse, será guay, pero esa parida está más enredá que el pelo de un mendigo —respondió G. J. displicente.

—Y además no sirve para nada —puntualizó Micro—. El sapo jamás ha estado allí metido, y ahora tenemos que añadir un montón de cosas más.

Zas, enfurruñado porque a sus amigos no les había gustado el invento, murmuró:

—¡Bah!, ¡pedazo ignorantes!

G. J., sin oír el comentario, continuó con lo suyo.

—Debemos guardar un ejemplar de cada uno de los manjares para anfibio que hay tirados por toda la habitación número 11 —dijo, y tras reflexionar un poco, añadió—: Tenemos que coger una araña, un saltamontes, una hormiga...

—... Y también un caracol, un escarabajo..., una mosca, una mariposa... Ya no recuerdo qué más —comentó Micro frunciendo el ceño.

—Una lombriz —dijo Zas con un tono de infinita paciencia.

—Eso, una lombriz —confirmó Micro—. Pero si queréis que os diga la verdad, no creo que sea necesario guardar tanta basura aquí dentro.

Zas se echó la visera hacia atrás y adoptó una actitud pensativa tras la cual añadió:

—A mí me parece que esos bichos nos ayudarán a saber de qué especie de sapo estamos hablando. Según tengo entendido, no todos los sapos comen lo mismo, por ejemplo, el sapo...

—Venga, vale, Zas. Tú ganas —gruñó Micro—, pero yo no pienso coger nada, ¡menuda porquería!

Bajaron las escaleras animosos y contentos. Zas llevaba la caja de las pruebas entre sus manos y G. J. había tenido la precaución de hacerse con un pequeño recogedor y un cepillo, para no tener que agarrar a los bichos con los dedos. A Micro, en cambio, le daban mucho asco los insectos; no le importaba verlos... pero tocarlos...

Al llegar a la habitación número 11, los Lagartijos vieron con estupor que... ¡la puerta estaba cerrada!

—¡Ay mi madre! —exclamó Zas.

—Eso digo yo, ¡mi madre! —protestó G. J. y, tras una pausa, continuó—: Seguramente ha dado los últimos toques de limpieza mientras nosotros estábamos arriba —dijo avergonzándose de la metedura de pata de su madre.

Los Lagartijos se dirigieron a la cocina, donde se encontraba la señora Jaén guardando los últimos bártulos de baldeo.

—¿Has terminado ya con la habitación 11? —preguntó G. J. disimuladamente.

—¡Sí! —resopló la madre—. ¡Hay que ver lo que ensucia ese maldito árbol!, menos mal que el cliente no se ha quejado.

—¿Qué has hecho con todos los bichos?

La madre interrumpió con brusquedad su tarea y miró inquisitiva a su hijo mientras adoptaba la postura que siempre ponía cuando se sentía invadida por la sospecha.

—¿Qué sabes tú de ellos? —preguntó.

G. J. se sintió bloqueado. Levantó las cejas y, poniendo un gesto más inocente que un huevo de Pascua, contestó:

—¿Yo?

—Sí, tú, ¿qué sabes tú de esos bichos?

—¿Yo?, ¡nada!

—Entonces ¿para qué te interesan?

—... Emm..., es que entran en el desván. Ya sabes que su ventana está justo encima del roble, y supongo que a la habitación 11 le ocurre lo mismo.

—¿Y?

—Pues nada, que quiero saber qué has hecho con ellos.

—¿Por alguna razón en especial?

—Es que Zas los colecciona.

—¡Ah!, pues qué pena, porque los he tirado —respondió la madre ufana. Parecía que se alegraba de haber hecho esa atrocidad.

—¿¡Los has tirado!? —preguntó G. J. horrorizado.

—Sí. Toditos han ido a la basura. Estaban muertos —dijo la madre muy convencida, y luego añadió—: Ea, ahuecad el ala, que estoy muy ocupada.

¡Menuda desolación! Los Lagartijos no sabían muy bien qué podían hacer ahora. Había tantas incógnitas por despejar todavía que no tenían claro por cuál de ellas debían continuar.

—Deberíamos averiguar de qué raza es nuestro sapo —opinó G. J.

—¡Hala!, ¡so bruto...! —increpó Zas.

—¿Qué he dicho?

—¡Los sapos no tienen razas! Se dice clase, o tipo, o género...

—¡Bah!, Zas, pesado, no te enrolles. Vamos a mirar en una enciclopedia para ver si sale alguna foto que nos aclare esta duda —gruñó Micro impaciente.

Los Lagartijos subieron al Iglú y echaron mano de la enciclopedia ilustrada que G. J. guardaba entre sus trastos. Miraron en la letra **S...** pero allí no encontraron ninguna información sobre los sapos. Buscaron entonces en la letra **A.** En el apartado de *Anfibios*, pudieron hallar un texto complicadísimo. Micro leía en voz alta con la esperanza de entender algo:

—Son animales po-i-qui-lotermos, que se dividen en los siguientes subtipos: los Gimnofi-ones, los U-ro-delos, los...

—¡UF! —resopló G. J. desilusionado—. Así no hay cristiano que se entere. Mira a ver si sale alguna foto.

En la última página de la sección sobre anfibios había un dibujo de todos ellos. Zas sacó de un bolsillo una potente lupa e inspeccionó con ahínco la lámina de papel.

—¡Aquí está! —exclamó Zas golpeando el libro con la lupa.

—No. Esto parece una rana. El nuestro era un sapo —interrumpió G. J.

—Yo ya lo he visto, chicos —cortó Micro ufana.

—¿Dónde?

—¿¿¿AAAHHH??? —dijo misteriosa, y se apartó del libro haciéndose la importante.

Tras reflexionar un rato, Micro propuso quedamente:

—Podríamos ir al Zoo.

HIPEROLIUS
CHIRO NANTIS
RUFESCENTS
RANA DE
SAN ANTONIO
SALAMANDRA
BUFO CALAMITA
HYLA ARBOREA
BUFO MARINUS
PELOBATES ULTRIPES
ESCUERZO
CORUNDO
RANA VERDE
GALLIPATO
MEGOPHRYS NASUTA
LEPTOPELIS
VIRIDIS
TRITÓN
CRESTADO
RENACUAJO
HIPERIOLUS
UNIKE
TRITURUS ALPEISTRIS
HYLA SEPTENTRIONIBILIS
SAPO COMÚN
TRITÓN SIRENIDO
TRITURUS MARMORATUS
AJOLOTE

—¡Pues solo nos faltaba eso...! —interrumpió Zas enfadado—. ¡Con la cantidad de cosas que debemos hacer, y se te ocurre ir a perder el tiempo en el Zoo!

—Podríamos ir a la sección de reptiles y anfibios. Quizás alguien sepa decirnos por qué nuestro sapo es tan valioso.

—¡Guay, Micro! —exclamó G. J. con entusiasmo—. Si averiguamos cuál es el tesoro que esconde ese sapo, probablemente lleguemos a saber por qué nos lo han robado.

Zas, que no había abandonado el gesto de fastidio, demostró no estar demasiado contento con las conjeturas de sus amigos.

—¡Pues vaya cosa! —dijo con un tono despectivo—, para eso no hace falta ir hasta el Zoo. Yo sé desde hace mucho tiempo por qué nos han mangao el sapo... Lo que pasa es que no os coscáis... Siempre estáis perdiendo el tiempo con tonterías.

—¡A ver!, catedrático, di todo lo que sabes, anda... —gruñó Micro indignada.

—¡Pues nos lo han birlao porque el *Bufo marinus* es una especie protegida!, ¿por qué va a ser si no? —respondió Zas en plan fastidión.

—¡Qué listo!; ¡cómo no nos habíamos dado cuenta antes! ¡Menos mal que su eminencia, el señor Zas, está aquí para resolvernos el misterio! —se burló Micro dándose una palmada en la frente.

Este comentario desconcertó un poco a Zas. Ahora resulta que había otra razón por la que ese sapo era valioso, ¡y él no había caído en ello! Comenzó a darle al coco. Tenía que averiguar por qué sus amigos querían ir al Zoo antes de que descubrieran que él, Zas, no tenía ni idea...

—¡Es mejor que nos demos prisa! —gritó G. J.—. ¡¡Cierran el Zoo dentro de diez minutos!!

Los Lagartijos iniciaron la estampida, pero en el momento en que pisaban el jardín del hotel, G. J. pegó un terrible grito:

—¡¡¡Esperad!!!

Zas y Micro se quedaron paralizados del susto. ¿Qué le pasaba a G. J.?, ¿había visto algo?

Comprobaron cómo su amigo giraba sobre sus pasos y regresaba al hotel a toda velocidad.

—¿Tú sabes qué le ocurre? —le siseó Zas a Micro.

No hizo falta esperar mucho rato para hallar la respuesta. Al cabo de unos segundos G. J. aparecía triunfante por la puerta del hotel. Dos plátanos de Canarias asomaban por un bolsillo y se comía a grandes bocados un tercer plátano que llevaba en la mano.

Al pasar junto a sus amigos, que se habían quedado estupefactos, levantó los hombros y explicó:

—Ya sabéis que si no como algo... se me oxida el cerebro.

Y dicho esto, salió corriendo.

Al llegar al Zoo, vieron con enorme disgusto que una de las grandes puertas de la entrada estaba ya cerrada. Era un aviso evidente de que la hora de visita había tocado su fin.

Sin esperar un segundo, los Lagartijos traspasaron velozmente la hoja de la puerta que permanecía semiabierta, para que pudieran salir por allí quienes ya habían terminado su recorrido por el Zoo.

Nada más atravesarla, el vigilante que estaba junto a ella comenzó a dar voces.

—¡EH! ¡Vosotros...!

Sin dejar de correr, G. J. miró por unos segundos al hombre que gritaba y, de pronto ¡PAFFF!, chocó bestialmente contra alguien; perdió el equilibrio y cayó al suelo.

Aturdido, G. J. observó que la otra persona se había caído también. A punto estaba de pedir disculpas cuando...

—¡¡¡Urso!!!

Urso pareció sorprenderse mucho al ver a G. J. De un salto se puso de pie y, sin pronunciar una sola palabra, huyó a toda velocidad hacia la salida.

Mientras tanto, el vigilante de la puerta había llegado al lugar en el que G. J. se encontraba. Agarró fuertemente uno de sus brazos y gritó enfadado:

—¿Es que estás sordo? ¡Ya hemos cerrado!

Con un gesto de dolor, G. J. respondió:

—¡Tengo que ir con mis amigos!

—De eso nada. Tú te quedas ahí fuera —respondió iracundo el hombre.

—Pero es que... ¡me estarán buscando!

—Pues que te busquen en la calle. Ya he avisado por radio a mis compañeros para que los echen a patadas.

G. J. acompañó de mala gana al vigilante mientras le imploraba con tono lastimero:

—Por favor, es muy urgente. Necesitamos que alguien nos dé una información sobre un tipo de anfibio.

El hombre pareció sorprendido y por un instante cesó de caminar.

—¡Vaya! —exclamó—, ¿qué le pasa a la gente hoy? Ya han venido otras dos personas preguntando por lo mismo.

—¿¡Ah... sí!?

—Pues ¡sí señor! —respondió el hombre, y tras reflexionar unos segundos añadió—:

Y además justo cuando no está el profesor Kilton.

—¿Quién?

—El profesor Kilton; nuestro especialista en ranas y sapos. Lleva un par de días sin aparecer por aquí.

G. J. sintió que le daba un vuelco el corazón.

Tuvo el presentimiento de que aquello estaba relacionado con los sapos que andaban investigando. Decidió disimular el tono de voz para no levantar demasiadas sospechas, y haciéndose el tonto preguntó:

—¿Es que está enfermo?

—¡Quién sabe! Yo creo que el hombre anda un poco mal de la azotea, ya me entiendes. Siempre está metido en experimentos raros. Ahora parece que se hallaba a punto de descubrir no sé qué muy importante... —el hombre paró de hablar y tiró del brazo de G. J. para obligarle a caminar.

G. J. casi podía oír las palpitaciones de su corazón. Debía sacarle más información a aquel tipo ¡como fuera! Disimuladamente volvió al ataque.

—Oiga, y... en esos experimentos... ¿qué animales...?

El vigilante interrumpió antes de que le diera tiempo a terminar su frase. Puso una mano junto a su boca, alzó las cejas e hizo como que confesaba un secreto bestial:

—¡Sapos! —dijo en tono tétrico.

—¡Ah...! Y ¿qué variedad de sapos? —preguntó G. J. distraídamente.

El vigilante le miró inquisitivo. Cesó su marcha, colocó los pulgares en su cinturón, sacó pecho y sin quitarle los ojos de encima preguntó a bocajarro.

— Mocoso, ¿por qué te interesa saberlo?

—A quién, ¿a mí?

G. J. sintió que le temblaban las piernas. Agarró uno de los plátanos que todavía llevaba en el bolsillo y empezó a juguetear con él. El hombre seguía con la vista clavada en su rostro. Era evidente que esperaba una respuesta.

—Pues... no sé..., simple curiosidad.

—... Curiosidad... —repitió el vigilante con gesto de sospecha.

—Sí. En el colegio estamos estudiando los anfibios, y tenemos que hacer un trabajo...

—¡Ah!, por eso hoy ha venido tanta gente interesada en el tema. ¡Ahora me lo explico!

—interrumpió el hombre con gesto de estar muy poco convencido de lo que acababa de decir—. Y cuenta, mocoso, ¿harás el trabajo sobre alguna especie en particular?

—Psss..., a lo mejor sobre el *Bufo marinus*...

G. J. notó que el hombre se quedaba petrificado. Agarró a G. J. con violencia y le preguntó:

—¿Y por qué esa especie precisamente?

—... Emm..., porque mola.

—¿¡Mola...!? —inquirió el hombre con gesto de sospecha—, ¿qué es lo que mola exactamente?

A G. J. le preocupó que preguntara esto último tan despacio. Era evidente que algo extraño le pasaba a todo el mundo con el *Bufo marinus*.

Intentó adoptar una postura tranquila; hacer como que no pasaba nada; y puso una voz lo más sosegada posible para contestar:

—Pues que, según nuestro profe, es una especie protegida.

Observó con detenimiento el gesto del vigilante. Notó que una gota de sudor le caía por el cuello. El tipo aquel estaba tenso, eso era indudable, y le hubiera gustado averiguar por qué... Pero no pudo hacerlo. El hombre, ceñudo, se acercó a su rostro tanto que G. J. podía ver cada poro de su piel. Con los ojos llenos de cólera gruñó cerca de su oído:

—El *Bufo marinus* no es una especie protegida, ¡es una especie prohibida! —tomó un respiro y añadió furibundo—: ¡una especie peligrosísima!, y los mequetrefes como tú no pueden acercarse a ella, ¿entiendes? —dicho esto, el hombre soltó un poco a G. J., se incorporó y dijo con gesto autoritario—: Así que ya puedes hacer tu trabajo sobre otra cosa, ¡la ranita de San Antonio, por ejemplo!

Justo en aquel instante oyeron que se acercaba alguien. Entre la oscuridad divisaron a un guardia que traía a Micro y a Zas agarrados por un brazo. Los tres caminaban dando trompicones. Al llegar al lugar en el que se encontraban G. J. y el vigilante de la puerta, exclamó el guardia:

—Aquí traigo a estos fisgones —y tras soltarlos de un golpe añadió enfadado—: ¡Fuera de aquí ahora mismo!, y que yo no vuelva a veros más veces en ese sitio.

Los Lagartijos salieron con la cabeza gacha, aparentando arrepentimiento y susto. Era ya completamente de noche y sabían que los dos hombres los estaban observando desde la puerta del Zoo, por lo que decidieron no decir ni una sola palabra. Simplemente caminaban despacio con gesto compungido. Cuando llegaron a un lugar desde el que los vigilantes ya no podían verlos ni oírlos, comenzaron a decir cosas atropelladamente.

—Jo, tío..., ¡tenías que...!

—¡Urso!, lo he...

—Nos hemos metido en...

—El vigilante ese sabía...

Después de un rato hablando todos al tiempo, decidieron serenarse un poco para intentar entender algo. G. J. contó a sus amigos su experiencia de cabo a rabo, y los otros dos Lagartijos le informaron a su vez de la suya:

—Fuimos a la zona de reptiles y anfibios, y ¡la urna del *Bufo marinus* estaba vacía! Había un letrero con unas cuantas indicaciones; incluso permanecía iluminada y decorada con hierbas, tierra y una pequeña cascada de agua... Pero no había ni rastro del sapo —explicó Micro.

—Entonces nos metimos en una especie de despacho que había cerca de allí. En la puerta ponía un letrero que decía: «Dr. Kilton. Departamento de anfibios»...

—... Pero no había nadie... —interrumpió Micro.

—Entonces rebuscamos entre los papeles que estaban sobre una mesa y en ese momento apareció el guarda. Nos pilló con las manos en la masa...

—... Sí, pero yo tuve tiempo de leer antes la dirección del doctor Kilton —exclamó Micro muy agitada—. Vive junto al acantilado.

G. J. recordó que el vigilante de la entrada le había dicho que el Dr. Kilton no iba al Zoo desde hacía un par de días.

—Creo que deberíamos hacerle una visita a ese doctor —propuso pensativo.

—Sí, ¡buena idea! —respondieron sus amigos con entusiasmo—. ¡Vamos!

—¡¡Un momento!!, ¡¡alto!! —exclamó G. J. imperiosamente—, antes tendremos que cenar, ¿no?

—Joroba, ¡qué tío! —protestó Zas—. ¡Siempre pensando en comer!

G. J. levantó los hombros y se contentó con responder:

—Ya sabes que cuando tengo hambre...

—... ¡No te carrula el cerebro!, ¡claro...! —rio Micro.

Cada uno se marchó a casa, no sin antes quedar en reunirse de nuevo a las diez en la puerta del hotel.

¡Vaya nochecita!

A las diez menos cinco, la noche estaba en calma total. Apenas podían distinguirse estrellas en el cielo, y la luna llena lo alumbraba todo con tenue resplandor.

G. J. esperaba en medio del jardín la llegada de sus amigos con un plátano de Canarias a medio comer.

Desde el lugar en el que se encontraba, podía sentir la oscuridad húmeda de la noche. Aguzó el oído con el fin de percibir la llegada de sus amigos, pero solo escuchó unos leves e insistentes silbidos que comenzaron a ponerle nervioso. Aparte de eso, el silencio era aplastante y sepulcral.

G. J. notó que un miedo horripilante invadía cada poro de su cuerpo, y sintió cómo poco a poco se le helaba la sangre. Para disipar su terror, decidió masticar el plátano con frenesí. Al saborear el dulce aroma de la banana, G. J. olvidaba fácilmente sus penas y preocupaciones..., pero en este caso los pitidos parecían acosarle sin descanso.

G. J. se vio acorralado por el canoro sonido. Notó que el horror se apoderaba de él, implacable, y tuvo ganas de huir corriendo.

—... ¡Bah...!, seguro que son pájaros —se decía a sí mismo para consolarse... pero en realidad sabía muy bien que las aves no cantan durante la noche.

Sin poderlo evitar, G. J. comenzó a vislumbrar en su imaginación el origen de tan temible chiflido. Pensó en el siseo que hacen los vampiros justo antes de morder a su víctima; se figuró la mirada sangrante y cruel de un lobo hambriento; vio cómo una serpiente asesina se le enroscaba en el cuerpo, vislumbró una lengua bífida inyectada en veneno...

Con el corazón desbocado, G. J. corrió a esconderse entre los matorrales que adornaban una esquina de su hotel. Tenía los más ardientes deseos de ver pronto a Zas y a Micro. Los minutos transcurrían lentamente; podía escuchar su agitada respiración y el castañetear de sus dientes... También oía otra cosa; algo que le sonaba muy familiar... ¡Una sacudida en el viejo roble...!

—Allí está el cotilla de Urso otra vez —pensó G. J., recordando la forma en que el árbol se había movido cuando Urso trepó por él la noche anterior.

Sin embargo, al mirar hacia el lugar desde el que procedía el sonido, vio con sorpresa como una gran figura, oscura y aterradora, descendía con asombrosa agilidad por las ramas.

Por un instante, G. J. pensó que se trataba de un gorila.

—¡Qué tontería!, ¿qué porras puede estar haciendo un simio en mi jardín...? —dijo para sí entre dientes, y siguió reflexionando—, claro que, después de haber encontrado un *Bufo marinus* allí mismo, ya no me sorprende nada de lo que pueda aparecer en ese árbol...

El gorila aquel, o lo que fuera, llevaba una mochila en una mano. Con sigilo se encaminó hacia la calle y, una vez allí, desapareció en la oscuridad. Por el tenue sonido que hacía al caminar, G. J. pudo deducir que se dirigía hacia la fábrica abandonada. A medida que se alejaba el ruido de sus pasos, los silbidos que antes asustaron a G. J. volvían a recobrar fuerza.

Justo en ese instante, se oyó que Zas llamaba a su amigo a gritos.

Inmediatamente cesaron los extraños pitidos.

—¡Chsss! —chistó G. J.—, lo acabas de estropear todo...

—¡Pero, tío!, ¿dónde te metes?, ¡te llevo buscando un siglo...! —refunfuñó Zas mientras cegaba a G. J. con su linterna. Llevaba a Floro sobre el hombro derecho.

—¡Calla y escucha! —ordenó G. J. enfadado.

Ambos Lagartijos permanecieron agazapados y en silencio. Zas apagó su linterna, lo que pareció incomodar a Floro, que a partir de ese instante decidió ponerse en plan pesado.

—Jo, macho, ¿no puedes pedirle a tu pajarraco que pare un poco? —imploró G. J.

Zas entretanto se dirigió con suavidad a su halcón y le susurró:

—Anda, Floro, ¡búscanos una pista!

El imponente halcón obedeció la orden de su amo al instante. Abrió las alas con majestuosidad, y salió volando.

Zas, sintiéndose profundamente conmovido, dio un codazo a G. J. y le dijo:

—¿Has visto eso? —y luego, muy orgulloso de sí mismo, aseguró—: ¡Qué grande soy, madre...!

—¡Chsss!, ¿por qué no cierras el pico de una vez? —gruñó G. J.

El mutismo fue total durante unos interminables momentos y, poco a poco, los terribles chiflidos comenzaron a oírse de nuevo; de una forma leve al principio y más fuerte a medida que iban transcurriendo los segundos.

A Zas se le empezó a abrir la boca de puro estupor.

—¡Son cánticos de...! —susurró, pero tuvo que callarse por culpa de un sonido que le dejó petrificado.

Un seco chasquido crujió a sus espaldas.

Ambos Lagartijos contuvieron la respiración y se mantuvieron inmóviles.

Algo se acercaba, acechante, a cuatro patas, despacio, con voracidad contenida...

Quizá fuese el perro de la fábrica que ¡al fin! había escapado de su prisión, y venía en busca de venganza; o también podía ser...

Con extremado sigilo, Zas buscó un puntiagudo destornillador entre los trastos que llevaba en su chaqueta, pero no lo encontró..., así que tuvo que conformarse con una grapadora.

Mientras tanto, G. J. sostenía tembloroso la linterna apagada.

—Tengo ganas de vomitar... —siseó G. J. de un modo casi imperceptible.

Zas, furioso, hizo un gesto con el que le ordenaba cerrar la boca.

Se hicieron una seña con la mirada y ambos entendieron que debían esperar, vigilantes, la llegada del momento oportuno... Zas sintió que un fuerte calambre le recorría el cuero cabelludo y notó cómo el pelo se le ponía más puntiagudo que nunca.

Entonces, volvieron a oír un espeluznante crujido; esta vez sonó muy próximo a sus espaldas. Era un síntoma inequívoco de que el monstruo se hallaba cerca, dispuesto a atacar.

Con violento impulso, los dos Lagartijos giraron en redondo, preparados para defenderse.

Un grito aterrador surcó la oscuridad del jardín.

Zas, horripilado, notó que algo parecido a una garra se aferraba a uno de sus tobillos. Dio un vertiginoso respingo para zafarse de la terrible zarpa, y al hacerlo perdió la grapadora.

Entretanto G. J., al sentir que su amigo era atacado, comenzó a blandir la linterna apagada como si se tratase de un sable.

—¡Ahhh!, ¡socorro! —se desgañitaba aquella feroz alimaña—... ¡G. J.!..., ¡Zas...!, ¡socoorrroooo!

Durante un instante los dos chicos se quedaron paralizados: ¡el monstruo había pronunciado sus nombres!

G. J., tembloroso, encendió la linterna y enchufó a la fiera que tan terriblemente aullaba... El impacto que recibieron fue aterrador y brutal.

Allí, en el suelo, Micro se debatía horrorizada contra sus atacantes. Sus manos sujetaban con asombroso vigor el tobillo de Zas mientras que, con las piernas, daba atroces patadas en el aire.

—P... ¡Pero...! Pero... —balbuceó G. J.

—¿¡Pero tú estás chalada o qué!? —aulló Zas, retirando con rabia su tobillo de las garras de Micro.

—¿Chalada yo?, ¿CHALADA YO? —gritaba la chica iracunda—. ¡Chalada dice! —paró unos segundos para tomar impulso y espetó con furia—: ¡¡¡Chalados vosotros, so... uf... pedazo de mastuerzos!!!

—¡Casi me da un infarto! —resoplaba G. J. mientras se palpaba el corazón para estar seguro de que no se le había parado.

—Pues si a ti te ha dado un infarto, ¡a mí me ha dado un patatús superlativo! —jadeaba Micro, temblando de pies a cabeza.

Zas, con tono enfadado, preguntó a bocajarro.

—Pero... ¿qué demonios pretendías...?, ¡eh!

—¿¡Qué pretendía yo!? ¿¡¡YO!!? —respondió Micro casi a punto de llorar—. ¡Con el susto que me he llevado! —luego, se serenó un poco y explicó—: Al entrar en el jardín, y ver que no estabais, pensé que os había pasado algo. Oí un sonido muy sospechoso en esta esquina, y..., bueno, quise pillar por sorpresa a Urso.

—¿A Urso? —preguntó Zas abriendo mucho los ojos y arrugando un lado de la nariz.

—Sí... ¡Como últimamente anda fisgando tanto...!, pensé que era él.

—Tienes razón, Micro —interrumpió G. J.—, yo también he confundido a Urso con el gorila que ha bajado esta noche por el árbol.

Micro y Zas se quedaron estupefactos.

—¿¿Qué?? —preguntaron incrédulos.

Por unos instantes, sospecharon que G. J. estaba delirando a causa del terrible susto que se había llevado antes.

—Un gorila, que llevaba una mochila en la mano, y que ha bajado por el árbol —repitió G. J. con la esperanza de ser comprendido de una vez.

—¿Un gorila, dices? —preguntó Zas lleno de asombro.

—Al menos eso parecía...

—¡Jo!, por ahí no hacen más que pasar animales de especies protegidas... —dijo Zas jocosamente.

—Eso mismo pensé yo...

Micro se puso en jarras y empezó a golpear el suelo con la punta del pie derecho.

—Pero, bueno..., ¡sois lerdos o qué!, ¿desde cuándo se ha visto que un gorila ande por ahí llevando una mochila? —gruñó impaciente—, ¡sería algún tío con anorak! —y luego exclamó—: ¡Vaya par de memos...!

Entonces, G. J. explicó con detalle todo lo que había visto, hacia dónde se encaminó el gorila ese o lo que fuera, y también aclaró que unos extraños silbidos le incitaron a esconderse...

—¡Ah!, ¡es verdad...! Esos silbidos —interrumpió Zas.

Los Lagartijos callaron un instante, y enseguida pudieron distinguir con claridad el insólito sonido que tanto había inquietado a G. J.

—Pues sí que es raro..., la verdad... ¡Serán

búhos! —comentó Micro.

—No, no es nada raro —cortó Zas—, y además no son búhos... —paró un instante y, poniendo un gesto tétrico, dijo con voz de ultratumba—: Son sapos.

—¿¡Sapos!?

—Eso mismo, currinchis —afirmó Zas con presunción, y dicho esto preguntó—: ¿Acaso nunca habéis oído hablar del sapo cancionero?

—Sí..., pero creí que era una leyenda... —respondió Micro dubitativa.

—Pues te has colao, bacalao... —dijo Zas engreído, y añadió en tono arrogante—: Los sapos silban como un pájaro cuando hay luna llena; por ejemplo, hoy.

G. J. se rascó un poco la cabeza. Reflexionó unos segundos y comentó:

—... Pues, a juzgar por lo que he oído, debe de haber un montón de sapos silbando a todo volumen...

—No... —interrumpió Zas—, no pitan demasiado fuerte, lo que ocurre es que lo oímos así de bien porque... están muy cerca.

—¡En la habitación número 11! —exclamaron G. J. y Micro al mismo tiempo.

—Sí; recordad que Urso nos dijo que había visto muchos sapos repugnantes en una repugnante habitación... —comentó Zas con voz firme. Luego, se quitó su preciada gorra, y comenzó a rascarse el dorso de la mano con su pelo-pincho, mientras mascullaba en voz alta—: Apuesto que el gorila del anorak tiene algo que ver con eso.

De forma instantánea, y con Zas en cabeza, iniciaron la marcha hacia la habitación del hotel.

La madre de G. J., como era habitual en ella, se hallaba muy concentrada en su labor de punto tras el mostrador de la entrada.

—¡Ah!, ¿por aquí otra vez? —les dijo levantando la vista, aunque no por ello dejó de mover las agujas de punto con asombrosa agilidad.

—Ssse —empezó a decir G. J. haciéndose el distraído—. Oye, ¿sabes si el cliente de la habitación 11 está aquí?

Tal y como G. J. se temía, su madre paralizó su labor y le miró inquisitivamente.

—¿Se puede saber qué mosca os ha picado con ese cliente?

—Es que tengo un recado para él —comentó G. J. disimuladamente.

—¡Pues qué pena!, porque no está —suspiró la madre, volviendo a concentrarse en su labor.

Zas, en un súbito impulso, preguntó con avidez:

—¿Ha salido hace poco?

—¡Uy, qué va! —exclamó la madre—. No ha aparecido por el hotel desde que se levantó temprano esta mañana.

Los Lagartijos se dieron un codazo y, sin esperar un minuto, subieron prestos las escaleras. Al llegar al dormitorio número 11 escucharon a través de la puerta.

Había un silencio sepulcral.

Entonces miraron por turno a través del ojo de la cerradura.

—Aquí no hay ni un solo sapo —dijo Zas desolado.

—Todo parece estar igual que esta mañana... —comentó G. J.

—¡Ni hablar! —cortó tajante Micro—. Este tío acaba de salir hace unos minutos. Hay tres pruebas que lo confirman.

El descubrimiento del doctor Kilton

Tras alejarse de la puerta número 11, los Lagartijos sentían un nerviosismo total. Decidieron que lo más conveniente era seguir la pista al hombre que G. J. vio bajando del árbol, aunque no sabían muy bien hacia dónde encaminarse.

Descendieron las escaleras del hotel a saltos y con un nudo en las entrañas.

Al pasar de nuevo junto al mostrador de la entrada, la señora Jaén seguía haciendo punto en el mismo lugar. G. J. decidió investigarla, así que, con suma precaución, empezó a decir:

—Oye, ¿estás segura de que el de la 11 no ha venido en todo el día?

—Tan segura como que me llamo Jovita —respondió la madre altiva.

—Pues es muy raro... —insinuó Zas con cuidado.

—¿Y por qué va a ser raro?, ¡eh!

—... Pues... porque... en estos momentos hay una cerveza espumante, y se nota que acaban de abrir la botella... —empezó a decir Zas, pero enseguida le cortó Micro:

—Y además también ha dejado una colilla de puro que todavía está encendida...

La madre de G. J. dejó súbitamente su labor de punto.

—¡Pues sí que estamos buenos! —exclamó enfadada—, vosotros, ¿qué demonios pensáis que hago todo el día aquí sentada?, ¡pues controlar un poco a la gente que entra y sale!, ¡hombre!

Se había ofendido, de eso estaba seguro G. J., y por este motivo decidió no insistir demasiado en el tema. Sin embargo, Micro no pensó lo mismo, y se aventuró a preguntar haciendo un esfuerzo por parecer más inocente que un sonajero:

—¿Sabe usted dónde podríamos encontrarle ahora?

G. J. contuvo la respiración. Cuando estaba enfadada, su madre podía ser temible. Durante unos segundos ella no contestó. Miraba fijamente su labor y movía las agujas a una velocidad vertiginosa... De pronto masculló en tono malhumorado:

—¡Pues lo que me faltaba!, encima de todo lo que tengo que hacer, resulta que además debo enterarme de la vida de la gente —y dejando la labor de nuevo, miró a los Lagartijos y graznó—: No, bonita, no sé dónde está ese cliente...; y además... ¿por qué os interesa tanto?

¡Ya estamos otra vez!, pensó horrorizado G. J. Lo último que deseaba en esos momentos era un nuevo interrogatorio de su madre; así que, aparentando naturalidad, comentó quedamente:

—Es que tengo un recado para él...

—¿Ah, sí?, y de quién... —preguntó impetuosamente la madre.

G. J. se rascó la cabeza con la esperanza de hallar una respuesta convincente:

—... Emmm...

—¡... Del doctor Kilton...! —interrumpió Micro con agilidad.

La madre de G. J. abrió la boca con estupor.

—¡Vaya! —dijo—, ¡así que no ha desaparecido ese tal King Kong...!

—Se llama Kilton —la corrigió su hijo.

—Bueno, King Kong o Kilton, qué más da... —respondió la madre quitándose una mosca imaginaria de la cara, y luego añadió—: Hoy he escuchado en la radio que la policía temía un secuestro...

—¡Un secuestro! ¿¿De verdad has oído eso?? —preguntaron los Lagartijos con sumo interés.

—Así lo han comunicado los de la radio. Parece ser que el King Kong ese, o como se llame, ha descubierto algo que vale muchos miles de millones de dólares, y por eso le han secuestrado...; eso es exactamente lo que he oído...

—Y... ¿han explicado en qué consiste su descubrimiento? —preguntó Micro con extremada impaciencia.

—Sí, lo han explicado —contestó la madre volviendo a su tarea de punto.

Los Lagartijos esperaban el discurso de la madre con devoción casi religiosa..., pero ella no parecía darse cuenta del extremado interés que acababa de suscitar, y seguía haciendo punto como si tal cosa.

G. J. no pudo aguantar más y soltó bruscamente:

—¡Bueno...! ¡Que no tenemos toda la noche!

La madre, sobresaltada, frunció el ceño; e iba a empezar su retahíla de sermones acerca de los buenos modales cuando, súbitamente, G. J. juntó las palmas de las manos y se hincó de rodillas implorando perdón de una manera decididamente cómica.

Entonces, la señora Jaén se relajó un poco y, con una sonrisa en los labios, comenzó a contar lo que había oído en la radio:

—En realidad parece una cosa absurda..., yo no termino de creerlo. Según decían, el King Kong ese de las narices ha inventado no se qué ungüento que, si te lo echas por el cuerpo, puedes... ¡ay qué risa...!

Tuvo que interrumpir el relato a causa de la gracia que se hacía a sí misma. Cuando se serenó un poco, continuó:

—... Bueno, pues..., ¡ay qué gracia...!, el potingue ese al parecer se obtiene de no sé qué animal, y sirve para que la gente pueda... —volvió a detener su narración y puso una voz misteriosa para continuar—: pueda volar... —entonces, recuperó un tono jocoso y añadió—: ¡... qué disparate!, ¿verdad?

—¿¿¿VOLAR??? —exclamaron los Lagartijos al mismo tiempo.

—Eso mismito decían, pero ¡seguro que es mentira...! —explicó la madre de G. J. encogiéndose de hombros, y para justificar lo que acababa de manifestar, continuó—: Y si no, que me expliquen por qué King Kong ha estado por aquí con recados para el cliente de la 11, en lugar de estar secuestrado; vamos, digo yo... —concluyó la señora dando una palmada sobre el mostrador.

Los Lagartijos permanecieron pensativos durante unos instantes. La revelación que acababan de escuchar les parecía inaudita, ¡increíble!, absolutamente asombrosa.

Zas fue el primero en reaccionar. Hizo un gesto con la barbilla, e inmediatamente los otros dos Lagartijos entendieron que debían salir de allí a todo correr.

En cuanto pisaron el jardín, aguzaron el oído para averiguar el lugar en el que se originaban los extraños chiflidos. Zas sacó de su bolsillo un mugriento embudo, e introdujo la parte más estrecha en su oído. Con extremada dignidad, y sin prestar atención a las caras, de guasa que ponían G. J. y Micro, Zas giró despacio, haciéndose el importante.

Luego, adoptando un gesto de superioridad, comentó con voz firme:

—Mi instrumento para captar ondas sonoras me indica que los silbidos vienen de la fábrica abandonada —y guardando de nuevo el embudo en su bolsillo, ordenó autoritario—: ¡A la fábrica!

Sin esperar un segundo, y todavía muertos de risa por la exhibición de Zas, los Lagartijos emprendieron la marcha.

El edificio abandonado resaltaba, tenebroso, a la luz de la luna. A medida que se aproximaban a su verja, el volumen de los silbidos aumentaba vertiginosamente.

—Debe de haber miles de sapos ahí dentro... —susurró Micro en secreto.

Un hilillo de humo brotaba, silencioso, por una de las chimeneas. Aparte de los chiflidos que daban los sapos, el ambiente estaba cargado de una quietud sepulcral.

Con sigilo, los Lagartijos alcanzaron la barrera metálica que cercaba la vieja fábrica abandonada. Divisaron al perro, que yacía tieso como una estaca sobre un montoncito de arena.

—¡Cuidado! —siseó G. J. con un hilo de voz—, allí hay algo.

—A lo mejor es Urso, que nos espía de nuevo —señaló Micro de forma casi inaudible.

Un bulto oscuro y grande permanecía, vigilante, sobre una rama que sobresalía por encima de la valla. Los Lagartijos se quedaron paralizados sin tener muy claro lo que debían hacer; hasta que, un poco indeciso, Zas iluminó aquella masa estática con la linterna. Ante sus ojos apareció un pájaro enorme, negro como la tripa de una cueva, que los miraba con suma atención.

—¡Floro! —se deleitó Zas.

—¿Estás ciego o qué? ¡Si tu Floro es blanco! —exclamó G. J.

—¡... Y además nos ha traído dos pistas de la fábrica! —clamó Zas con inmenso orgullo, y luego añadió—: ¡Qué machote eres, Floro!

—¡Pero bueno!, ¿me quieres explicar cómo demonios sabes que ese bicho negro es Floro?

Y además, ¿quieres decirme cómo ha entrado y salido de la fábrica?, ¡a ver! —graznó G. J.

—¡Venga, hombre!, menea un poco el coco, anda... —le retó Micro dándole un pequeño codazo.

¿Cómo se entra en la fábrica?

Zas extendió su brazo e, instantáneamente, Floro se posó sobre él. Sacó un trapo del bolsillo izquierdo de su chaqueta, y comenzó a limpiar el plumaje de su querido halcón con dulzura. El pájaro se dejaba cuidar mansamente, e incluso parecía gustarle el toqueteo. Poco a poco, fue recobrando su colorido habitual, mientras el trapo se ponía cada vez más negro.

Zas, sin quitar los ojos de su halcón, le pasó la sucia tela a Micro y ordenó con voz autoritaria:

—¡Sacúdela!

—¿Yo...? —dijo Micro indignada—, oye, sacatrapos, ¡que a mí no tienes que amaestrarme!, y además, ¡no soy tu criada!

Sin perder la compostura, Zas le pasó la tela a G. J. y pidió con voz firme.

—Hazlo tú.

—¿Y para qué quieres recuperar este trapo apestoso? Por mucho que lo sacuda, esto ya no hay cristiano que lo limpie —refunfuñó G. J.

Zas puso los ojos en blanco y haciendo alarde de una infinita paciencia explicó con voz apocada:

—Solo es hollín, y se desprenderá de la tela en cuanto la sacudas con un poco de buena voluntad, ¿vale?

—¿Hollín? —preguntó G. J. incrédulo.

—Sí, el hollín de la chimenea, G. J., que no te coscas, tío...

—¿De qué chimenea?

—¡Uf!, ¡eres más lento que una tortuga coja, tío! —mascculló Zas quejumbroso—, ¿de qué chimenea va a ser...? ¡Pues de la chimenea de la fábrica!, macho.

—¡Ah!, ya entiendo... —interrumpió G. J. reflexivo—, por ahí es por donde ha entrado tu avechucho, ¿eh?; por eso está así de guarrindongo.

Zas afirmaba con la cabeza y, con una mano, invitaba a G. J. a iniciar la limpieza del trapo.

Mientras G. J. sacudía la tela con inusitado vigor, Micro recogía del suelo las dos pistas que, supuestamente, Floro había traído.

Una vez las tuvo en la mano, observó que también estaban manchadas con hollín. Las limpió un poco e intentó clarificar sus ideas. Una de las pistas consistía en un arrugado papel, en el que había dibujadas unas extrañas manchas que parecían no significar nada. Micro lo mostró a sus amigos.

—¿Os sugiere algo esto? —preguntó alegremente.

G. J., sin dejar de zarandear el trapo que le había dado Zas, miró el papel durante unos segundos y dijo:

—Sí, está chupao.

Zas se puso tenso. A él no le decían nada aquellas manchas absurdas. Sin embargo... —pensó—, como Floro lo ha traído de la fábrica, seguro que hay algún secreto escondido en ese papelucho...

Micro se percató de la incertidumbre que mostraba el rostro de Zas, y aprovechó la ocasión para meterse un poco con él.

—Anda, ¡domador de halcones!, di qué significa esto...

Zas intentó disimular su apuro, y mirando a Floro dijo:

—Estoy ocupado con otros asuntos, y además, como está tan oscuro no puedo verlo bien.

Micro le tendió el papel haciendo lo posible por no estallar en carcajadas. Cuando Zas se ponía en plan petulante, terminaba por resultar bastante cómico.

Aparentando indiferencia, Zas clavó la mirada en aquel jeroglífico durante unos segundos. Luego, con excelso desdén, arrugó el papel y lo tiró al suelo.

La bola de papel rodó unos centímetros y cayó en un charco.

—P... ¡Pero so tarao!, ¡pedazo de quitameriendas...! ¿Se puede saber por qué has hecho eso? —gritó Micro iracunda.

G. J., completamente aturdido, dejó de sacudir el trapo y se precipitó a arreglar el desaguisado... pero llegó demasiado tarde. Cuando recuperó el papel y deshizo la bola, vio con desilusión que el agua había corrido toda la tinta, y lo que antes era una prueba contundente, ahora se había convertido en algo inútil.

—¡Toma tu asqueroso trapo! —dijo furioso mientras le entregaba el tejido, más o menos limpio, a su amigo.

Zas, displicente, devolvió la tela a su bolsillo y se encogió de hombros.

—Ese papel era un jeroglífico chorras —dijo, y luego añadió con apatía—: y además, ya lo hemos visto todos, ¿no? Entonces, ¿para qué lo queremos...?

—¡Lo que pasa es que no tienes ni puñetera idea de lo que significa! —aseguró Micro colérica.

—¡Eso...! —corroboró G. J., pero, antes de continuar, Micro intervino de nuevo.

—¡Eres tan presumido que has preferido deshacerte de esa pista antes que reconocer que eres un lelo!

—¡Eso! —certificó G. J. de nuevo.

Zas bajó la vista, un poco avergonzado.

—Es que era una pista muy boba... —murmuró con la esperanza de que esa excusa sirviera para algo.

—¡Ah!, ¿es boba, eh...? ¡Pues es la pista boba que ha traído Floro el bobo...! —exclamó Micro triunfal.

—¡Eso! —añadió G. J., pero esta vez pudo proseguir la frase—: Y además, para que te enteres, en ese papel ponía el nombre de Kilton de forma camuflada.

—Bueno, ¿y qué? —preguntó Zas haciéndose el chulito.

—Pues que es una señal de que Kilton está en apuros, y desea que alguien acuda en su ayuda, ¡so memo!

Zas intentó por todos los medios cortar con aquella situación. Así que preguntó a bocajarro.

—¿Y qué pasa con la segunda pista?

El otro papelito que Micro había recogido del suelo era una entrada para un parque de atracciones ambulante que, desde hacía dos días, se había instalado a las afueras del pueblo.

—A lo mejor esto no es una pista —comentó dudosa.

En ese momento, oyeron como alguien trepaba por una escalera metálica. El ruido provenía de la fábrica.

Los Lagartijos corrieron a esconderse, sin perder de vista el lugar desde donde se originaba aquel sonido. Pronto divisaron la luz de una linterna que enfocaba el suelo. Una especie de gorila con anorak investigaba el terreno.

«¿Qué estará buscando?», se preguntó Zas. Pero no lo dijo para que los otros creyeran que ya lo había adivinado.

Aquel individuo llevaba un cazamariposas y un cubo en la mano. De pronto blandió el cazamariposas y atrapó con él un bulto oscuro, pesado, que chiflaba con insistencia.

—¡Aquí estás!, sapo pestilente; ¿creías que te ibas a escapar, eh? —masculló aquel ser, con voz tenebrosa.

Los Lagartijos vieron como volcaba el cazamariposas contra el cubo y oyeron un ¡cloc!, con el que supieron que el sapo había caído en el cubo. Luego, aquel hombre hizo otra operación similar con tres sapos más, que al parecer también se habían escapado.

Con el cubo en la mano, el fulano se dirigió hacia una parte de la fábrica que los Lagartijos no podían divisar. Oyeron que voceaba:

—¡Kilton!, ¡Kilton...!, ¡maldito chiflado!, ¡contesta...!

Hubo un cierto silencio, roto solamente por un tenue sonido que parecía venir de lejos. La voz del hombre volvió a rugir:

—¡Miserable loco!, ¡pásame la mochila número 15!, ¡y también dame la entrada de la feria, que me la he debido de dejar por ahí...!

Volvió a reinar el silencio. Al cabo de unos segundos se oyó de nuevo su agria voz:

—¡Ahora coge estos nauseabundos sapos! He conseguido atrapar tres de ellos, y como vuelvas a dejarlos escapar... ¡ya sabes lo que te ocurrirá! —tras unos breves segundos añadió—: ¡Aquí solo está la mochila...!, ¡Kilton!, ¿me oyes...? ¡Busca la entrada de la feria...! ¡Busca!

Micro, agazapada tras su escondite observó la entrada de la feria que tenía en la mano. No le cupo ninguna duda de que era la misma que buscaba aquel hombre. Alguien había escrito con bolígrafo 23:15. Miró su reloj. Eran las once de la noche.

—Ese tipo ha quedado a las once y cuarto en la feria —susurró a sus amigos.

—¡Perfecto! —contestó Zas—, cuando se vaya, podemos intentar entrar en la fábrica.

En la oscuridad de la noche, y con la luna como única luz, pudieron divisar como el individuo trepaba con agilidad por el mismo árbol en el que se había posado Floro minutos antes, y desde allí, saltaba con la mochila en una

mano, sorteando la verja que cercaba la fábrica y cayendo con soltura en la acera.

—No me negaréis que es igualito al gorila Maguila —susurró G. J.

—Sí, es verdad, ¡hay que ver cómo escala el tío!

Durante unos minutos, el hombre iluminó con la linterna el suelo, y se dedicó a fisgar meticulosamente cada centímetro de terreno.

—Seguro que pretende encontrar esto —susurró Micro divertida, mientras mostraba a sus amigos el tique que tenía en la mano.

—Apuesto que piensa que lo ha perdido al entrar —dijo Zas muerto de risa.

Súbitamente, Floro abrió sus descomunales alas y emprendió un vuelo veloz hacia el fulano de la linterna.

Zas se puso en pie y estuvo a punto de gritarle a su halcón que volviese. El hombre giró su rostro y se percató de que algo se había movido.

—¿Quién anda ahí? —graznó con voz de ultratumba, mientras enchufaba la luz en dirección a los Lagartijos.

Micro y G. J. tiraron de los brazos de Zas para que este se agachase de nuevo y le taparon la boca para que no cayese en la tentación de dar órdenes a su pájaro en ese momento tan inoportuno.

Floro se elevó por los aires y desapareció en medio de las sombras..., pero el hombre ya sabía que alguien le estaba espiando.

Con pasos agigantados, y la linterna en una mano, se dirigió feroz hacia el rincón donde se ocultaban los Lagartijos. Ellos contuvieron la respiración y a G. J. volvieron a entrarle ganas de vomitar, mientras que a Zas se le escapó un poco de pis.

Con extremada violencia, el hombre alargó una mano en la oscuridad y la dirigió hacia un matorral que se erguía justo al lado de los Lagartijos.

Unos alaridos desgarradores surcaron las tinieblas de la noche.

El fulano, gigante y tenebroso, levantó agresivamente un cuerpo oscuro que se agitaba con violencia por los aires.

G. J. se palpó a sí mismo para asegurarse de que el cuerpo aquel no correspondía al suyo.

—¡Ven aquí, miserable monicaco! —aullaba el hombre—, ¿te gusta meter las narices en todo, eh, bicho mugriento?, pues ¡te vas a enterar de lo que es bueno!

—¡Suélteme! —imploraba, quejumbrosa, la voz del cuerpo..., una voz que resultó extrañamente familiar a los Lagartijos.

Era el sonido, suplicante, de Urso.

El hombre levantó su terrible manaza y profirió un sonoro bofetón en todo el rostro lloroso de Urso. El chico gemía, movía los brazos y las piernas, e intentaba zafarse de las garras de aquel monstruo, quien, a todas luces, pretendía repetir su agresión... pero no pudo hacerlo.

Al levantar de nuevo el brazo para iniciar otro golpe, un objeto volante se interpuso entre la mano de aquella fiera y Urso. Era Floro.

El halcón, haciendo alarde de una valentía desbordante, embistió contra el hombre picoteando su cabeza y asiéndole por el anorak con sus garras. El individuo soltó a Urso para protegerse el rostro, y entonces, el chico emprendió la huida a toda velocidad.

Segundos después, Floro se elevó por los aires y desapareció en el cielo oscuro.

El hombre, furibundo, profería insultos hacia Urso, mientras recogía la linterna y su mochila del suelo. Miró el reloj.

—¡Voy a matar a ese chico!, ¡lo voy a degollar vivo! —dijo al ver la hora.

Luego, escapó de allí veloz.

Con el corazón desbocado, los Lagartijos contuvieron la respiración.

—Nunca he visto una escena tan horrible —afirmó Micro con un hilo de voz.

—¡Mi Floro es bestial! —intervino Zas profundamente conmovido con su pájaro.

—Parece increíble, ¡Urso nos ha salvado de una buena! —dijo G. J. con voz trémula.

Ninguno de los Lagartijos creía que Urso tuviera ganas de volver a meter el hocico en las fiestas a las que no había sido invitado.

—¡Lo que me voy a reír de él en clase...!, si es que aparece, claro —rio Zas—. Apuesto que se ha escondido debajo de su cama, y que no saldrá de allí hasta dentro de un año...

—¡Como mínimo! —añadió jocosamente Micro.

Con suma precaución, los Lagartijos salieron de su escondite y se acercaron a la verja que rodeaba la fábrica.

—Me pregunto por dónde se comunicaba ese tío con Kilton —comentó G. J. iluminando el terreno que rodeaba la fábrica con una linterna.

—¡Es verdad...! —dijo Zas. Sacó su telescopio de bolsillo y comenzó a escrutar la fábrica de cabo a rabo.

—¿Por la chimenea...? —se preguntaba G. J. a sí mismo en voz alta.

—No, eso es imposible —opinó Micro recelosa—. Recordad que Kilton le dio aquella mochila, y el hombre entregó los sapos..., si lo hubiese hecho por la chimenea, le habríamos visto.

—Sí, y además salió del interior de la fábrica por un sitio que sonaba como una especie de escalera metálica... —comentó G. J.

Micro observaba el lugar con la meticulosidad que era habitual en ella.

—¡Ya lo tengo! —exclamó con un grito de alegría tan fuerte que Zas y G. J. se quedaron petrificados del susto.

Justo en ese instante, el perro guardián, que había estado dormido hasta entonces, despertó con sorprendente violencia. Se enderezó y, tambaleándose un poco, embistió brutalmente hacia el lugar donde se encontraban los Lagartijos.

Ellos, con el miedo en las entrañas y el corazón palpitante, dieron un brusco paso hacia atrás.

—Vaya, ¡lo que nos faltaba! —refunfuñó Zas.

—Oye, Micro, cuenta lo que sabes, anda —increpó G. J.

Ella, con una sonrisa en los labios, levantó la ceja izquierda y dijo animadamente:

—¿Cuál es la actividad preferida de los Lagartijos...? —al no obtener respuesta de sus estupefactos amigos, ella misma respondió—: ¡¡Resolver acertijos!! —y, muy satisfecha consigo misma, los invitó a que lo averiguaran por su cuenta.

¡Qué corta es la noche!

162 —¡Las once y diez! —exclamó G. J. al mirar su reloj.

—¡Qué corta se me está haciendo la noche! Lo peor es que tengo que estar en casa a las doce —dijo Micro en tono catastrofista.

—¿Tan pronto? —balbuceó G. J.

—¡Claro!, como que es una microbia más enana que la tos de una pulga —intervino Zas con ganas de fastidiar un poco.

Micro se puso en jarras y apoyó su peso sobre el pie derecho.

—¡Seré una microbia, pero sin mí no encuentras a Kilton ni en cien años!, ¡so memo! —exclamó Micro triunfante.

G. J. comenzó a rascarse nervioso la cabeza...

—Necesito ir a casa a por un pl...

—¡¡¡AHORA NO!!! —le interrumpieron sus amigos, y antes de que G. J. pudiese reaccionar, Zas sacó de un bolsillo una nuez y dos chicles de menta.

—¡Toma! —le dijo con voz firme—, ¡aquí tienes gasolina para tus neuronas!

G. J. miró compungido el frugal piscolabis. Balbuceó un tenue agradecimiento, que ni él mismo pudo oír a causa de los feroces ladridos que daba el perro desde el otro lado de la valla metálica que rodeaba la fábrica.

—Este chucho tiene más peligro que un bocata de escorpiones —afirmó Zas desolado.

—¿No llevas algo que podamos tirarle? —preguntó Micro impaciente.

Zas introdujo las manos en los múltiples compartimentos que le ofrecía su vestimenta. Allí dentro encontró de todo, desde una jaula para grillos hasta un termómetro digital..., pero nada de eso era adecuado para calmar al perro.

De pronto G. J. se puso tenso, y sin dejar de masticar los dos chicles de menta le gritó a Zas:

—¡Llama a Floro!, ¡enseguida!

—¡Ni hablar! —exclamó Zas furibundo—. ¡No pienso permitir que lo desplume esa fiera legañosa!

—No, hombre, ¡que no te coscas! —respondió Micro dándole una palmada en la visera—, podemos enviar un mensaje a Kilton a través de Floro. Él es el único que ha conseguido entrar en la fábrica, ¿no?

Algo receloso, Zas llamó a su preciado halcón... Pero no apareció por ningún lado.

—Ya os he dicho que está en plan rebelde... —murmuró Zas encogiéndose de hombros.

—Bueno, movamos el coco —propuso Micro inquieta, y añadió—: Propongo ir a la feria. Ya que no podemos llegar a Kilton, veamos qué hace el gorila del anorak.

—Creo que deberíamos separarnos —comentó G. J.—; Micro y yo vamos a la feria y tú, Zas, intentas encontrar a Kilton.

—¡Tienes más morro que un oso hormiguero, macho!... —comenzó a protestar Zas.

—Está bien... —intervino Micro condescendiente—, ¡nosotros nos quedamos aquí, y tú te vas a la feria!, ¿de acuerdo?

Zas se colocó la visera hacia delante. Necesitaba tiempo para discernir lo que más le convenía.

—No —dijo tajante.

G. J. y Micro suspiraron con desesperación y, armándose de paciencia, preguntaron:

—¿No qué?, ¡a ver!

—Que yo no me quedo aquí sin saber por dónde se entra...

—¡Ah!, así que no lo has descubierto..., pues no sé si vas a poder seguir perteneciendo a los Lagartijos, la verdad... —intervino Micro irónica.

A Zas le fastidiaba enormemente tener que reconocer que no tenía ni idea de cómo se podía acceder a Kilton, e hizo todo lo posible por estrujarse los sesos para encontrar una respuesta que no dejase su ignorancia al descubierto. Finalmente, dijo en plan desdeñoso:

—¡Si yo... ya sé por dónde se puede entrar...!, pero quiero que me digas lo que tú has visto, por si acaso hemos descubierto entradas diferentes...

—¡Ja! —exclamó Micro impetuosamente,

y añadió en tono burlón—: Hay grandes narices que jamás descubren dónde están las perdices...

—¡Venga ya!, os estáis enrollando un montón —gimió G. J.—, ¡el tiempo vuela!

Sin dar ocasión a una nueva protesta de Zas, agarró a Micro por un brazo y ambos huyeron hacia la feria a toda velocidad.

Aturdido por la reacción de sus amigos, Zas preguntó a gritos dónde estaba la misteriosa entrada cuando estos ya habían emprendido la carrera. A duras penas, pudo oír la voz de Micro que, entrecortada, le decía:

—¡El pozoooo!

En la feria

Jadeantes, G. J. y Micro se introdujeron entre
un hormiguero de cientos de personas. Hileras de luces blancas y sonidos de todas clases rodeaban el recinto donde se había instalado la feria.

En un rincón, una banda tocaba música a todo volumen sobre un escenario desmontable. En otro rincón, un vocerío de altavoces invitaba a la gente a comprar papeletas para la tómbola, o a desnucarse en los coches de choque, o a probar su puntería con una escopeta de perdigones.

Por doquier podían verse cacharros de brillantes colores que giraban, subían y bajaban a velocidad de vértigo. La montaña rusa, el cohete espacial, los cochecitos de caída libre, el túnel del miedo, el gusano loco... Todo el mundo gritaba a pleno pulmón.

Solo la playa estaba asombrosamente sosegada al lado de tanto jolgorio.

Con los ojos muy abiertos, Micro y G. J. oteaban entre la multitud. Encontrar al gorila del anorak en semejante lugar era más difícil que hacer pipí boca abajo.

De pronto G. J. se quedó tenso. Una gota de sudor le surcó la frente y su mirada resplandeció con intenso fulgor. Había visto algo profundamente conmovedor.

—¿Qué pasa? —le preguntó Micro nerviosa.

Hizo un gesto con la barbilla. Señaló hacia un tenderete rojo brillante con un mostrador amarillo.

—¿Qué ocurre? —volvió a preguntar Micro.

G. J. habló al fin. Con voz temblorosa dijo:

—Hamburguesas.

Ella se quedó de piedra.

—¡Eres increíble! —dijo agitando los brazos—, siempre necesitas engullir algo en el momento más inoportuno... ¡Con la cantidad de cosas que debemos hacer y el poco tiempo que tenemos para hacerlas...! —pero se quedó con la palabra en la boca.

G. J. ya había salido disparado hacia el lugar en el que se vendía el suculento manjar.

Micro, furibunda, aguardó impaciente a que G. J. hiciese su pedido, sacase el dinero y... ¡un momento...! ¿Qué es lo que lleva ese tipo en la mano? —pensó inquieta.

Un hombre alto, con una camiseta a rayas y que también hacía cola para comprar una hamburguesa llevaba..., no, no puede ser..., probablemente era una casualidad.

—Creo que me estoy obsesionando un poco —pensó Micro—, ¡veo mochilas idénticas por todas partes...! Sin embargo, ¡qué raro!, esa mochila también tiene un número pintado en un lateral.

G. J. regresó lentamente hacia el lugar en el que le esperaba Micro. Un deleite absoluto iluminaba su rostro, mientras que sus manos sostenían una frágil servilleta de papel manchada de salsa de tomate que caía de una jugosa hamburguesa.

—¿Quieres un poco? —dijo al llegar junto a ella.

Durante breves segundos, Micro desvió la vista hacia el pringoso manjar que le ofrecía su amigo. Con un gesto rechazó el regalo e, impaciente, pidió a G. J. que observase la mochila que llevaba el fulano de la camiseta a rayas.

—Mira al tipo que estaba a tu lado, allí..., ¡ay mi madre!, ¡que se ha ido!

Desesperada, investigó todo cuanto tenía alrededor... No había rastro de aquel individuo ni de su negra mochila.

—¿No será que tú también necesitas comer algo? —preguntó G. J. un poco preocupado—. ¿Estás segura de que llevaba la misma mochila que buscamos?

—Eso creo, pero no he podido ver bien el número que tenía escrito, aunque me ha parecido que era un 16.

—Justo el número siguiente al de nuestro hombre. Tengo la sensación de que alguien más está mezclado en esta maraña... —reflexionó G. J.

—Seguramente el gorila del anorak trae las mochilas cargadas de esa pomada que ha inventado Kilton, y se las entrega a otra persona.

—Sí, y esta segunda persona, que es el tío con la camiseta a rayas...

—Le da una nueva mochila a cambio..., quizá con dinero —opinó Micro enigmática.

Reflexionaron durante unos instantes, e intentaron poner las cosas en orden.

—Es mejor que nos concentremos en el gorila del anorak. ¡Vamos! —exclamó G. J. inquieto.

Con un nudo en el estómago recorrieron el recinto.

Divisaron un teléfono público y Micro llamó a la policía; y, ante la protesta de G. J., explicó:

—Este asunto es demasiado peligroso para Zas, allí solo y... ¡sin mi ayuda!

Pasaron entre la gente que hacía cola junto a la montaña rusa, por los aviones voladores, la noria... Pero no vieron nada importante.

Luego se fueron hacia la parte más próxima a la playa.

Los ojos de G. J. notaron algo extraño, algo que no encajaba en el paisaje... Allí, en las barcas que se mecían tranquilamente sobre las olas próximas a la orilla del mar.

No sabía exactamente de lo que se trataba, pero quizá Micro supiera averiguarlo, así que dijo tímidamente:

—A lo mejor piensas que estoy loco, pero... creo que tu hombre, el de la camiseta de rayas, pretende sacar la mercancía de aquí. Lo digo porque...

Entretanto, Micro estaba mirando hacia otra parte. Su inquisidora mente se había concentrado en una de las atracciones que, en ese momento, se había parado para que la gente pudiese descender de ella. Una avalancha de niños, con sus papás y sus mamás, esperaban inquietos a que los anteriores pasajeros dejaran libres sus asientos.

Micro interrumpió la frase de G. J. con un grito ahogado:

—¡Allí está el gorila del anorak con su...! ¡Mira su mochila!

G. J., todavía con la vista fija en la playa, tapó el grito de Micro con otro aún más fuerte:

—¡El guardia del Zoo!

En el corazón de la fábrica

Entretanto, Zas se estrujaba los sesos en el exterior de la fábrica.

El perro no cesó ni un instante de mostrar sus fieros colmillos con extrema agresividad. Un reguero de espuma amarillenta bordeaba, repugnante, las comisuras de su boca canina.

—Como se me ocurra meterme allí dentro, seguro que me tendrán que recoger con una bayeta —pensaba Zas acongojado.

Se palpó los bolsillos y pudo hallar varios chicles de regaliz. Los tiró por encima de la verja con la esperanza de que, al masticarlos, al perro se le quedaran las fauces pegadas y no pudiese volver a abrirlas durante un rato largo.

Al sentir que algo caía a su lado, el can desvió la vista durante breves instantes. Olió con inquietud los chicles, pero no les hizo ni pizca de caso y volvió a adoptar el gesto de ataque.

—Ese chucho es más raro que una iguana con biquini —pensó Zas ansioso.

Volvió a rebuscar entre sus bolsillos. Encontró un frasquito de colonia, una pistola de agua, y... ¡dos galletas de chocolate! ¡Cómo no lo había pensado antes!

Calculó el tiempo del que podría disponer si le tiraba la galleta lo más lejos posible y estudió con meticulosidad el recorrido que tendría que hacer para llegar, sano y salvo, al pozo.

Consideró que podría conseguirlo.

Así que sacó su tirachinas de alta precisión, y poniendo una de las galletas en la goma, la lanzó por los aires con inusitado vigor. La galleta surcó las sombras de la noche y fue a caer en el extremo más lejano del terreno que rodeaba la fábrica, sin embargo..., el perro no se enteró de tan magistral maniobra.

—Jo, ¡además de estar chalado, este chuchazo es lerdo! —pensó Zas fastidiado.

Decidió cambiar la táctica. Tenía que aprovechar la galleta que le quedaba. Era su última oportunidad... pero antes de volver a lanzarla por los aires debía dejar que el perro la oliera... Eso era lo peor.

Con un intenso temblor de piernas, se acercó cautelosamente a la verja mientras extendía su mano, que portaba, palpitante, la galleta.

El perro embistió contra la verja con brutalidad. La red metálica se agitó con violencia y Zas pensó que no resistiría demasiados golpes como aquel. El miedo casi le paralizaba el corazón, pero Zas aguantó. Muy despacio, acercó la galleta cada vez más..., un poco más, hasta que la tuvo pegada al frío metal que le separaba del perro. El animal acercó su húmedo hocico y olisqueó un extremo de tan suculento manjar. El vapor de su respiración cubrió la mano de Zas y le impresionó por lo caliente que era.

—¡Espero que no me hinque un diente! —pensó Zas temblando.

Mantuvo la galleta pegada al hocico del perro durante unos segundos, hasta que consideró que ya era suficiente.

Entonces, se la mostró para que su vista pudiese registrarla bien.

Luego, se dirigió al árbol que antes había utilizado el gorila del anorak. El perro, desde el otro lado de la verja, siguió inquieto sus pasos.

Con bastante torpeza, Zas se agarró a la rama más baja y de un súbito impulso se encaramó en ella. Caminó a través de las hojas del árbol hasta alcanzar la parte que daba al terreno de la fábrica. El chucho, vigilante, saltaba vigorosamente con sus patas traseras e intentaba alcanzar las zapatillas deportivas de Zas.

Hecho un manojo de nervios, y temiendo perder el equilibrio, el Lagartijo acercó la galleta al can mientras le decía:

—Mira, perrito..., aquí tienes tu cena...

Luego la colocó en su tirachinas, y aguzando la puntería, la lanzó por el aire.

En esta ocasión, la estrategia funcionó a la perfección.

El perro salió disparado en busca de la galleta, que volaba certera hacia su destino. En ese momento Zas saltó de la rama y corrió tanto como pudo hacia la boca del pozo por la que debía entrar.

Indeciso se encaramó en el borde del mismo, miró hacia el oscuro interior, y sintió un calor pegajoso en los dedos de una mano.

El perro se había zampado la galleta y, ansioso, reclamaba otra.

—Ahora tengo que meterme aquí dentro como sea... —se dijo Zas a sí mismo, sin saber muy bien si debía saltar o había alguna escalera por la que pudiera descender.

Con extrema dificultad, pudo sacar una pequeña linterna mientras hacía equilibrio en el borde del pozo. Al extraerla, salieron también dos canicas que cayeron al vacío. Zas tardó bastante en oír un ahogado ¡chop!

—El agua está muy abajo —pensó mientras hacía esfuerzos por resistir los empujes que le daba el perro con su hocico.

De pronto, algo negro y enorme pasó rozando su cabeza. Zas intentó identificar qué diablos era aquello y, entretanto, el perro dio un brinco brutal con intención de atraparlo.

—¡Floro! —gritó Zas desesperado—, ¡aléjate de aquí...!

Las patas delanteras del perro, en su trayecto para agarrar a Floro, dieron un empujón tremendo a Zas, quien, no pudiendo resistirlo, salió disparado hacia el centro de la boca del pozo.

Desesperado, el Lagartijo movió las piernas en el aire y elevó los brazos. Consiguió agarrar a duras penas la cuerda central que se introducía, densa y negra, hacia el interior del pozo y en cuyo final, pensó Zas, estaría el cubo con el que se subía el agua.

El descenso a través de aquella soga resultó tan vertiginoso, que a Zas se le pusieron las manos en carne viva. Perdió la visera y parte de los artefactos que llevaba en los bolsillos del pantalón.

De pronto sus pies chocaron brutalmente contra algo, y se estrujaron, uno sobre el otro, dentro de un pequeño agujero. Había llegado al cubo. La cuerda dio una terrible sacudida y Zas tuvo la sensación de que estaba a punto de romperse. La negrura era total.

Desde el lugar en el que se encontraba, con los pies doloridos, asiendo fuertemente la cuerda con sus manos ensangrentadas, Zas divisó una rendija de luz a la altura de su cuerpo.

—¡Socorro, doctor Kiltooon! —chilló terriblemente asustado... Pero su voz chocó contra las paredes del pozo en un eco atronador, que casi le deja sordo para siempre.

Cuando su vista se acostumbró a la oscuridad, Zas distinguió una escalera metálica pegada a la pared que llevaba hasta la salida.

—¡A buenas horas! —pensó mientras se asía fuertemente a la cuerda que pendía en medio del vacío.

Tras unos segundos, divisó con claridad que la rendija de luz enmarcaba una puerta cerrada, y percibió que los silbidos de los sapos estaban muy próximos.

—Seguro que tras esa puerta está Kilton —pensó—. ¿Cómo demonios puedo llegar ahí...?

Comenzó a balancearse de un lado al otro. Al principio se desplazó apenas unos milímetros, pero poco a poco el movimiento pendular fue cobrando fuerza hasta casi alcanzar las paredes, húmedas y viscosas, del pozo.

El fuerte vaivén que Zas había iniciado hizo que la cuerda crujiera peligrosamente.

—No sé si resistirá —reflexionó nervioso—, tengo que alcanzar esa maldita puerta cuanto antes.

Finalmente y tras un fuerte impulso, consiguió golpear la puerta con todo su cuerpo. Sintió un terrible dolor en el hombro y, a causa del impacto, el tirachinas de alta precisión se le cayó del bolsillo y se precipitó hacia el fondo tenebroso del pozo; pero... la puerta se abrió.

Frente a sus ojos se extendía un túnel estrecho, oscuro y bajo, al final del cual podía divisarse una luz.

Zas ahora se enfrentaba a un nuevo problema: tenía que sacar los pies del cubo, soltar la cuerda y entrar en el túnel. Utilizó sus manos para izar su cuerpo y poder así liberar los pies;

pero estaban demasiado encajados en el fondo del cubo. Haciendo un esfuerzo sobrehumano, tiró del pie superior, y consiguió sacarlo, pero... la zapatilla deportiva permaneció fijamente incrustada en el interior del cubo.

—¡Tengo menos suerte que mi abuela en el bingo! —se lamentó Zas, mientras daba fuertes sacudidas al borde del cubo con el pie desnudo para poder liberar su otro pie.

Los silbidos de los sapos comenzaban a producirle dolor de cabeza. Las manos le dolían mucho. Estaba colgado en el vacío, nadie le oía y la cuerda no cesaba de crujir.

Justo cuando estaba al límite de sus fuerzas, justo cuando se iba a dejar morir allí, solo y desamparado, el zapato salió del cubo como un tiro y cayó en el agujero negro y profundo del pozo.

Al cabo de breves momentos, Zas oyó desesperado como su zapatilla deportiva preferida hacía ¡splash! contra el agua y se hundía en ella. Luego, pudo extraer sin problemas el pie que todavía permanecía en el interior del cubo..., aunque salió también desnudo.

Con los pies al fin libres pudo columpiarse sin problemas. Ahora se enfrentaba a un nuevo reto: saltar exactamente en el lugar donde se abría el túnel. Tenía tantas ganas de salir de esa angustiosa situación que cerró los ojos y saltó hacia adelante. Oyó un sonoro clonch metálico y decidió no mover un dedo hasta averiguar de dónde demonios venía ese ruido.

Era el cubo, que chocaba contra la pared contraria del pozo.

—¡Estoy dentro!, ¡estoy vivo! —clamaba Zas, loco de alegría.

Se serenó un poco. Todo el cuerpo le temblaba y apenas podía dar un paso. A través de sus pies desnudos sentía un frío húmedo y pringoso que le subía por las piernas y le recorría la columna vertebral.

Decidió pensar en otra cosa.

—¡Doctor Kilton!, ¿está usted ahí...? —gritó confiado.

Al principio hubo un silencio sepulcral, pero al cabo de unos segundos pudo escuchar la voz de Kilton, que preguntaba inquieto:

—¿Quién anda ahí?

—Soy yo, Zas, ¡un Lagartijo! —exclamó contentísimo y añadió jubiloso—: Y vengo a salvarle.

Una pequeña figura, rechoncha y torpe, apareció al final del túnel.

Zas sintió un impulso interno, brutal, que le invitaba a correr hacia el doctor. Dio unos pasos y... ¡AJJJ!, algo viscoso, húmedo y repugnante crujió bajo su pisada. Oyó un gorgoteo y también un desagradable restallido.

—¡Cuidado, muchacho! —chilló Kilton desde el otro lado del túnel—, ¡el camino está lleno de ranas y sapos venenosos...! —y luego añadió—: ¡Y como pises alguno estás perdido...!

Nada más oír esas palabras, Zas sintió un horripilante escozor en la planta del pie. Creyó que le cortaban mil cuchillos e, impulsivo, se agarró el pie con ambas manos. Enseguida notó en ellas la misma terrible sensación. Poco a poco, un indómito sudor frío invadió su cuerpo. Con la visión nublada distinguió la figura rechoncha de Kilton, que se acercaba a él con una linterna en la mano. Un intenso temblor sacudió su torso, las piernas le flaquearon, y su cuerpo se precipitó pesadamente contra el suelo.

Una pomada para volar

Zas tuvo la sensación de estar totalmente adherido al suelo. Quiso levantar una mano, pero al hacerlo notó que el estómago se le revolvía y le entraron ganas de vomitar. Le escocía la piel como si le hubiesen frotado el cuerpo con papel de lija; y también sentía la lengua gorda y pastosa.

A su alrededor oía murmullos hablando en voz baja y con suma precaución. Zas intentó abrir los ojos, ¡cuánto le pesaban los párpados! Al hacerlo, distinguió con dificultad unas sombras borrosas que se movían por encima de su cabeza. Esas sombras se dirigían a él.

—¡Ya reacciona! —exclamaba una de ellas.

—Zas, ¡despierta! —le ordenaba otra.

Eran voces conocidas. Luego intervino una tercera voz que ya no le resultaba tan familiar.

—Es mejor no forzarle —decía—. El antídoto tardará todavía unos minutos en hacer efecto.

Desde su incómodo despertar, Zas fue reconociendo poco a poco las voces de los Lagartijos y la de Kilton.

—Y esas verrugas que tiene por todo el cuerpo ¿se le quitarán algún día? —preguntaba Micro.

—Sí, dentro de unas horas ya no tendrá nada.

—¡Pues menos mal!, porque ahora tiene peor pinta que un calcetín sudao —interrumpió G. J.

—¡Es verdad! —corroboró Micro muerta de risa.

A pesar de no haberle hecho ninguna gracia el chiste, Zas, en medio de su sopor, se alegró de comprobar que sus amigos estaban junto a él.

A lo lejos pudo oírse la sirena de un coche de policía.

Se interpuso una nueva voz de hombre.

—Doctor Kilton, ¿nos acompaña a comisaría? Necesitamos que preste declaración.

—Inspector, ¿puede interrogarme aquí? —preguntó Kilton—. Debo vigilar a este muchacho y comprobar que no le queda ningún resto de veneno en el cuerpo.

El hombre comenzó a hablar en secreto con otras personas que al parecer también estaban en la habitación, y cuya presencia Zas escuchaba a duras penas.

Poco a poco, comenzó a percibir los sonidos con mayor nitidez. Aquellos hombres, o lo que fueran, movían papeles, caminaban, hacían fotos por todas partes y se decían cosas en voz baja.

—Está bien, empecemos —habló de nuevo el fulano al que Kilton había llamado inspector—. Dígame qué hace este chico aquí, y por qué razón se halla medio muerto.

—Entró por el túnel equivocado —contestó Kilton con serenidad—, vino con intención de salvarme, pero se introdujo justo por el lugar donde mis secuestradores tenían almacenados todos los anfibios...

La voz del científico sonaba cansada. Cesó de hablar durante unos segundos y luego, pausadamente, continuó su relato.

—... Si hubiera llevado zapatos, no le habría pasado nada. Todavía no me explico por qué iba descalzo. El caso es que pisó un *Alytes cisternasii*.

—Le ruego que hable claro, por favor —pidió el hombre.

—... Sí, por supuesto. Este chico aplastó con el pie descalzo una clase de sapo altamente venenoso. ¡Menos mal que yo estaba cerca y he podido suministrarle un antídoto inmediatamente! Se repondrá enseguida.

—¿Qué pretendían hacer sus secuestradores con tanto bicho?

Kilton no respondió.

Zas, desde su inmovilidad, notó que el doctor le tomaba el pulso, le abría la boca y los párpados, y también le palpaba el cuello.

Luego, con voz cansina, Kilton comenzó a hablar de nuevo.

—Verá, esos hombres trajeron aquí toda clase de anfibios, aunque algunos no me servían para nada. Yo soy un científico. Trabajo en el Zoo...

—Eso ya lo sabemos, doctor, intente ir al grano.

—El caso es que, tres días antes de mi secuestro, acababa de realizar con éxito un experimento en el que he trabajado durante años.

—Sí, eso hemos oído. Al parecer usted ha inventado un potingue con el que la gente se echa a volar, ¿no es así?

—Exacto. Yo mismo conseguí hacerlo durante diez minutos seguidos —respondió Kilton orgulloso.

—¿Y cómo es posible tal cosa? —preguntó el hombre incrédulo.

—Verá usted; el *Bufo marinus* es un sapo que, como todos los sapos, cuenta con una piel plagada de verrugas venenosas —paró de hablar por culpa de un acceso de tos, y luego continuó—: Pero, en este caso, su veneno está mezclado con una grasa amarillenta, que es precisamente la que proporciona la capacidad de volar. Yo descubrí la forma de separar esta grasa de los ingredientes tóxicos.

Micro y G. J. escucharon con la máxima atención todo lo que contaba el doctor Kilton. Sin poderlo evitar, Micro interrumpió el interrogatorio del inspector y preguntó:

—Doctor, ¿sabe usted si alguien conocía el resultado de su experimento?

Kilton reflexionó durante breves segundos y carraspeó.

—Recuerdo que ese gran día me quedé en el laboratorio del Zoo hasta muy entrada la noche. Entonces, cuando creí que ya no quedaba nadie, probé mi descubrimiento —explicó un poco avergonzado.

—¿Y qué ocurrió? —inquirió G. J. con enorme interés.

—Me embadurné todo el cuerpo, y al cabo de unos segundos, noté que me elevaba del suelo sin ninguna dificultad. Abrí la ventana y salí volando por todo el recinto del Zoo. Pensé que solo me veían los animales desde sus jaulas...; pero estaba equivocado —dijo Kilton con profunda emoción.

—¡El guarda del Zoo!, ¿verdad? —interrumpió G. J. entusiasmado.

El doctor Kilton afirmó con la cabeza y volvió a ocuparse de Zas, que seguía rojo e hinchado como una fresa. Todavía no se había espabilado.

Micro interrumpió el silencio que reinaba en el ambiente.

—Y ¿quién es el gorila del anorak? —preguntó.

—Un socio. Se encargaba de traer sapos... Lo que pasa es que no sabía distinguirlos bien, así que atrapaba cualquier cosa que se pareciese a un anfibio —explicó Kilton apocado, y tras una breve pausa, continuó—: Yo tenía que preparar el producto. El hombre del anorak lo sacaba de aquí en unas mochilas negras. Se las entregaba al guarda del Zoo y este le daba a cambio un dinero escondido en otra mochila idéntica. Todas las noches repetían este trapicheo en la feria.

—¿En el tren del miedo? —interrumpió Micro impaciente.

—Sí, eso creo —respondió Kilton—, al parecer realizaban el canje aprovechando la oscuridad del túnel.

—¿Qué hacía el guarda del Zoo con las mochilas llenas de grasa de sapo? —preguntó Micro.

Kilton reflexionó unos momentos y dijo:

—Tengo entendido que las escondía en una barca. Pretendía vender mi descubrimiento a unos traficantes con los que había negociado un precio multimillonario. La venta iba a realizarse en el mar... en cuanto pudiera reunir un total de doscientos kilos de grasa.

El inspector no había cesado de escribir todas las palabras de Kilton. Carraspeó con fuerza mientras giraba nervioso su bolígrafo entre los dedos, y preguntó:

—¿Cuántos kilos de pomada voladora...?

—Ciento cinco exactamente —interrumpió Kilton tajante.

G. J. sonrió triunfante y exclamó mientras agitaba una mano:

—¡Jo!; con ese peso, ¡no me extraña que su barca estuviera más hundida que las demás! —se rascó la cabeza y añadió presuntuoso—: Es un detalle en el que Micro, por ejemplo, no se había fijado. En cambio yo lo noté enseguida...

El inspector interrumpió el discurso de G. J. cerrando su libreta de golpe.

—Bien. Creo que por hoy ya es suficiente —dijo mientras se encaminaba hacia la salida. Antes de alcanzar la puerta, paró en seco y añadió—: ¡Enhorabuena, Lagartijos!

Luego, desapareció.

La atención de Kilton se concentró en Zas. Le tomó el pulso y, tras comprobar que todo estaba en orden, le dio unas suaves tortas en los mofletes.

Zas abrió los ojos. Ahora lo veía todo claro. Podía distinguir la cara de Kilton encima de la suya, y a su lado divisó la sonrisa de Micro. Un poco más allá estaba G. J.

—Vamos, ¡intenta levantarte! —dijo Kilton mientras le ayudaba a incorporarse.

Zas, aún un poco mareado, sintió una inmensa alegría al comprobar que también había alguien más en aquella extraña habitación. En un rincón, Floro le observaba; e incluso Zas creyó verle sonreír..., pero no dijo nada, por si acaso estaba alucinando.

—¿Qué tal, macho?, ¡estás más raro que un pingüino con tirabuzones! —le dijo G. J. en tono jovial.

Sin hacer demasiado caso, Zas se llevó una mano a la cabeza. Al sentir el contacto de su pelo, recordó cómo su querida gorra había ido a parar al fondo del pozo. Tuvo ganas de gritar, pero no estaba seguro de tener fuerzas suficientes para hacerlo. Simplemente se atrevió a murmurar:

—¡Que alguien me la busque! —pronunció con voz pastosa.

Se hizo un silencio.

—Oiga, doctor, ¿no le parece que anda todavía flipado? —dijo G. J. intranquilo.

El doctor abrió un párpado de Zas e iluminó su ojo con una linternita. Luego, aseguró que ya no le quedaba ningún resto de veneno en el cuerpo y que podía levantarse y caminar.

Mientras Zas, titubeante, se ponía en pie, Micro le preguntó a Kilton:

—Hay algo que no entiendo: hemos visto salir de la fábrica al hombre del anorak, pero lo ha hecho andando. Si la grasa de sapo permite volar, ¿por qué no la usó?

Kilton sonrió alegremente y dijo:

—Os confesaré un secreto. Mi descubrimiento permite volar durante un máximo de diez minutos, pero quien desee hacerlo tiene que estar... —interrumpió la frase y utilizó un tono enigmático para continuar diciendo—: totalmente desnudo.

—¿Hay que volar en pelotas? —chilló Zas, demostrando que ya estaba enteramente espabilado.

—Eso es —rio Kilton, y añadió—: Hay que embadurnarse todo el cuerpo con la grasa, incluso el más leve pliegue de piel.

—¡Jo, qué chanchi! —exclamó Zas entusiasmado—. ¿Por qué no lo probamos?

—¡Sí, hombre! —interrumpió G. J.—, y ¿qué pasa si no calculas bien el tiempo y aterrizas en medio del patio del colegio cuando hay recreo?

Micro entonces se echó a reír y dijo:

—Eso sí que molaría. Hasta ahora solo hemos visto aterrizar la gorra de Zas cada vez que Urso se la tira por la ventana; pero, a partir de ahora, podemos ver al propio Zas aterrizando en cueros.

—¡Soy Zas el ufo, chicas! —rio G. J. a carcajada limpia, mientras hacía una ridícula reverencia para imitar el gesto que podría hacer su amigo en tal situación.

Kilton percibió la cara de fastidio que ponía Zas, y cortó la juerga que se traían G. J. y Micro.

—Quiero agradeceros lo que habéis hecho por mí —dijo, y se encaminó hacia una mesa llena de cachivaches.

Sustrajo tres botes de cristal que contenían una especie de vaselina amarilla. Ofreció un frasco a cada Lagartijo y explicó:

—Os voy a confesar algo. La mercancía que pretendían vender mis secuestradores es, en realidad, de muy mala calidad. Su efecto volador apenas dura cincuenta segundos —miró los botes de cristal que acababa de entregar y añadió—: Esta, en cambio, es otra cosa. Con ella podréis volar tan alto como queráis durante diez minutos seguidos...

—En pelotas... —añadió Micro con una mueca.

Kilton asintió con la cabeza y dijo con una sonrisa:

—Ni siquiera se puede llevar reloj; por lo que hay que calcular el tiempo mentalmente...

—¡Jo!, todo lo que mola tiene inconvenientes —comentó G. J. mustio.

—Sin embargo, os puede salvar de un apuro muy gordo en vuestra próxima aventura... —respondió Kilton.

Y, haciendo un gesto con el dedo, añadió en tono de advertencia:

—Jamás volveré a extraer esta grasa de los *bufos*, ni le contaré a nadie la fórmula que he empleado para conseguirla. La difusión de mi descubrimiento implicaría una extinción total de los sapos en el mundo... Es algo que no me interesa —dijo con tono triste—, ¡esos animales son lo que más aprecio en esta vida!

Dicho esto, se encaminó hacia la puerta. Antes de salir, volvió la vista hacia los Lagartijos, que sujetaban los botes de cristal con la boca abierta.

—Gracias, amigos. Cuidaos mucho y... no olvidéis que, dentro de unas horas, empieza el colegio.

Salió por la puerta dando un profundo bostezo.

Micro, espantada, miró su reloj.

—¡Socorro! ¡Me la voy a cargar en casa! —y

sin esperar un minuto, desapareció de allí a toda prisa.

G. J. y Zas, con Floro en su hombro, salieron a la calle.

Daba gusto respirar el aire puro y fresco del alba.

—Tío, ¿probamos este mejunje? —preguntó Zas en tono confidencial mientras mostraba su frasco de cristal a G. J.

—Conmigo no cuentes, macho, ¡me voy al sobre!

—Venga, anda, no seas momio.

G. J. no se molestó en contestar. Hizo un gesto de despedida con la mano y se encaminó hacia el hotel.

FERIA

Subió las escaleras como un autómata. Abrió la puerta del primer dormitorio que tenía a mano. Al mirar en su interior, pensó:

—¡Nunca me había apetecido tanto llegar a casa!

Se dirigió a la ventana para cerrar las cortinas. Observó con deleite el panorama que ofrecía la luz del amanecer y, durante breves instantes, fijó su vista en un punto. Soltó una carcajada.

—Jo, Zas..., ¡qué tío!, ¡si no lo prueba, explota! ¡Es más impaciente que un niño con ganas de hacer pis! —dijo para sí mientras cerraba las cortinas de golpe.

Alejandra Vallejo-Nágera

Autora

Alejandra Vallejo-Nágera es licenciada en Ciencias de la Información y experta en psicología aplicada al mundo de la publicidad y consumo, terreno en el que ha centrado su actividad profesional desde 1979.

Permanentemente interesada por los niños y jóvenes más necesitados, trabajó en la organización y dirección del llamado Teléfono del menor, así como en UNICEF con el desarrollo de un programa de educación para los países con menos posibilidades de cultura.

Articulista habitual en prensa y asidua colaboradora en varias emisoras de radio (COPE, SER), ha escrito, además, varios libros tanto en el terreno de la psicología como en el de la literatura. Con todos ellos ha alcanzado importantes cifras de ventas.

Aquí acaba este libro
escrito, ilustrado, diseñado, editado, impreso
por personas que aman los libros.
Aquí acaba este libro que tú has leído,
el libro que ya eres.